Sonya
ソーニャ文庫

呪いの王女の幸せな結婚

水月青

イースト・プレス

contents

プロローグ

一粒の雫《しずく》が、音もなく窓にぶつかった。あ……と思った直後には、数十粒の雫が一斉に窓を覆《おお》ってしまう。

流れゆくのどかな田舎道の景色をただぼんやりと眺めていただけなのだが、視界を遮るように突然降り始めた雨に、リューディアは思わずため息を漏らす。

目的地に近づくにつれ、どんよりとした天気になっていることには気がついていた。まるで、自分の鬱々《うつうつ》とした気分が伝染してしまったかのような空模様だと思っていたら、とうとう雨まで降ってきた。

——泣きたいのはこっちよ……。

ついそんな弱音を漏らしそうになったが、ぎゅっと両手を強く握り締めることで我慢する。

「リューディア様、これをどうぞ」

侍女のラウラが、爪が食い込みそうになっているリューディアの握りこぶしを包むように、大判のストールをふわりとかけてくれた。リューディアは馬車の中に視線を移す。

「雨が降ってきたせいか、急に肌寒くなりましたね」

リューディアがお礼を言う前に、ラウラは穏やかに微笑んでさらにもう一枚ストールを籠《かご》から取り出し、今度は肩にかけてくれた。

確かに少し気温が下がった気はするが、寒いと感じるほどではない。それはラウラも承知しているだろう。

リューディアは、自分が思っている以上に悲愴《ひそう》な面持ちをしているのかもしれない。だからこんなふうに気を遣わせてしまったのだ。

今年十七歳になるリューディアより三つ年上のラウラは、姉のように、時には母親のようにリューディアを思いやってくれている。何も言わなくても、先回りをして世話を焼いてくれるのだ。

リューディアは感謝の意を込めて精一杯の微笑みを返してから、再び窓の外へ視線を戻した。

雨のせいで景色はひどくぼやけている。今の自分の心境のようだ。

このまま順調にいくのではないかというほんの少しの期待と、大きな不安。

もやもやとした気分のまま、もう五日も馬車の中にいる。あとどのくらいで着くのだろうか。

――着かなければいいのに。

何度そう思ったことか。けれど、馬車は着実に目的地に近づいている。見慣れた風景はすでに遠く、リューディアにはまったく馴染みのない拓《ひら》けた道を進んでいた。

小国から大国への移動。言葉にすればたったそれだけのこと。けれど、事はそう些細《ささい》なものではなかった。

この豪奢《ごうしゃ》な馬車に乗っているのはリューディアと侍女のラウラ、そしてリューディア付きの護衛であり、今は御者の役割も果たしているイグナートの三人だけだ。その他、数人の護衛が馬に乗って後ろからついてきているが、護衛にしては不自然に感じるほど距離を取っていた。

荷物を運ぶ馬車も一緒ではあるが、リューディアの馬車からはだいぶ離れて走っている。

それもこれも、原因はリューディアにあった。

質の良い大理石が採《と》れるということぐらいしか取り柄のない小国ルーヴァル。リューディアはその国の王女である。

夫婦仲の良い両親と年の離れた弟がおり、それなりに恵まれた環境で育った。王女が身につけるべき学問は完璧に身につけ、礼儀作法も太鼓判《たいこばん》を押され、手先も器用。小さな虫から大きな動物に至るまで生き物は分け隔てなく愛し、争いごとが苦手。心優しく非の打ち所がない王女様だとラウラは評してくれる。

けれど、リューディアにはひとつ欠点があった。

それは、リューディアと関わる人が不幸になってしまうことだ。

ある人は階段から落ちて骨折し、ある人は謎の病気で寝込み、ある人は突然発狂した。死人は出ていないが、事故に遭《あ》う者も多く、リューディアと関わった人々は左遷《させん》されたり怪我をしたりと、次々に良くないことが起こるのである。

それに気がついたのはいつだったか。露骨に人々に避けられるようになったのは十年ほど前からだ。それまでは皆、気のせいだと言って優しくしてくれていたのだが……。

呪いの王女。

陰《かげ》でそう言われているのは知っていた。

周りの人々は徐々にリューディアと目を合わせなくなっていった。リューディアの姿を見ると逃げるようになった。

誰だって嫌なことは避けたい。当然だ。

リューディアだって、誰かが不幸になるくらいなら初めから自分とは関わってほしくないと思う。

それでも傍にいてくれたのは、両親と弟、侍女のラウラと護衛のイグナートだけだった。

しかしそれも、彼らにはまだこれといって大きな不幸が降りかかっていないからだろう。もし何かがあれば、優しい彼らもリューディアの傍を離れてしまうかもしれない。それはもう覚悟している。

仕方がない。彼らは何も悪くない。自分がこんな体質なのが悪いのである。

そんな不幸体質のリューディアが国を出たので、ルーヴァル国の人々はほっとしているに違いない。これでもう悪いことは起きないと。

もしかしたら、リューディアのせいで辞めていった侍女頭や料理長は城に戻ってくるのではないだろうか。そうすれば、使用人たちも助かるだろう。

使用人が減ったことで、城の人たちには迷惑をかけた。ずっと一人でリューディアの世話をしてくれているラウラにも申し訳なく思っている。

ラウラは、数人いたリューディア付きの侍女のうちの一人だ。他の侍女たちは辞めてしまったが、一番若かった彼女がただ一人残って世話をしてくれているのだ。

父は侍女が辞める度に代わりの者を雇おうとしたが、リューディアがそれを止めた。

これ以上誰も不幸になってほしくなかった。それに、恐れを抱いた目で見られるのも、もう嫌だった。

「……順調ね」

ぽつりと呟《つぶや》くと、ラウラの「はい」という声が聞こえてきた。

リューディアが乗っているのに、車輪が外れることもなければ馬が怪我をすることもなくここまで来た。いつもの外出ならそれらが付き物だったというのに。

ここまで順調だと、今まで信じられずにいたことを少しは信じられるような気にもなってくる。

「噂のあの方のおかげかしら」

まさか、と思いつつも期待の種が小さく芽吹《めぶ》く。

「幸運の王子、ですか？」

ラウラの口ぶりからは疑念が感じとれた。その気持ちはリューディアにも分かる。言葉にされると途端に胡散臭《うさんくさ》く思えてきて、芽生えたものが一瞬にして萎《しぼ》んでいく気がした。

「ええ。その幸運の王子……何というお名前だったかしら？」

「アンブロシウス王子です」

「ああ、そうだわ。アンブロシウス様」

両親から告げられたその名前を記憶に留めておかなかったのは、過度な期待をしないためだ。

「噂どおりの方だと良いのですが……」

不安そうなラウラに、リューディアはなるべく軽い口調で返す。

「そうね。幸運の女神に愛されている、朗らかで国民想いの好青年、という噂だったかしら」

　本当にそんな人間がいるのだろうか。

　期待なんてしないとリューディアは決めていた。すればするだけ、失望も大きくなるからだ。

　そんなリューディアの気持ちを察しているのだろう、ラウラは「リューディア様」と硬い声で呼びかけてきた。

　ちらりとラウラを見ると、彼女は真剣な面持ちで口を開く。

「もしこの場から逃げたければおっしゃってください。私とイグナートが必ずやリューディア様をお救いいたします」

　ここでリューディアが「逃げたい」と言えば、ラウラたちは何を犠牲にしてもリューディアを逃がしてくれるのだろう。

　だからこそ、そんなことは言えない。

「ありがとう、ラウラ。私は大丈夫よ」

　安心させるように微笑んで見せたが、ラウラは思い詰めたように身を乗り出してきた。

「私たちはリューディア様に救われました。だから今度は私たちがリューディア様をお救いしたいのです。逃げ出したいと思った時はいつでも頼ってください」

　お願いですと懇願《こんがん》されて、リューディアはラウラとしっかり視線を合わせて頷《うなず》いた。

「ええ。その時はお願いするわ」

きっとその時は来ないだろうと思いつつも、その気持ちだけでも嬉しくて出た言葉だった。

ラウラには自分の侍女になってほしいとお願いしただけだし、イグナートに関しては彼の病弱な妹に薬の手配をしただけなのだ。救われたと言ってもらえるほどのことはしていない。

だから頼ることなんてできない。それに、リューディアが頼れば彼らが不幸になる。そんなことは百も承知だった。

呪いの王女は人を不幸にすることしかできない。できることといえば、人と接するのを必要最低限にして、自分のせいで不幸になる人をこれ以上増やさないことだ。

幸運の王子とも本当は接したくはない。

呪いの王女と幸運の王子。

人を不幸にする者と幸せにする者。

二人が揃《そろ》ったら何が起こるだろう。いくら想像してみても、幸せな日々が続くとはとても思えなかった。

それでも両親は、噂を信じた。……というよりも藁《わら》にもすがる思いだったに違いない。

以前、『リューディアには悪魔がとり憑《つ》いている』と言い出す者が現れ、少し思い込みの激しいところがある両親はその人物に騙《だま》されそうになった。お祓《はら》いくらいで不幸が起こらなくなるのならどれだけ良かっただろう。

それからも両親はリューディアの〝呪い〟が解ける方法を探してくれていた。そしてやっと見つけたのが幸運の王子だったというわけだ。

生まれた時から幸運に恵まれていると噂されている大国の第五王子アンブロシウス。彼ならばリューディアの不運にも負けないかもしれない。そう言われた。

両親が心からリューディアを心配してくれているのは痛いほど理解している。だからこうして国を出て来たのだ。

呪いの王女のリューディアは、幸運の王子と称されているアンブロシウスに嫁ぐために馬車に揺られているのである。

一章

乗ってきた馬を部下に託《たく》してグレンベリア国の城の門をくぐったところで、アンブロシウスは表情を引き締めた。

「アンブロシウス様！」

「お帰りになられたのですね！」

いったい何の用事でここにいるのか、数人の貴族女性たちが一斉にアンブロシウスに群がってきた。

「アンブロシウス様、ご一緒にお茶でもいかがですか？　高級茶葉を手に入れましたの」

「街で話題の美味しいケーキもありますのよ。今朝買いに行かせましたの」

「私は有名な焼き菓子を持ってまいりました。きっとどのお菓子よりも美味しいですわ」

私が私がと押し合いながら触れてこようとする彼女たちに、アンブロシウスはにっこりと微笑みを作って見せる。

「すまないが、まだ国王陛下に仕事の報告が済んでいないんだ。それはまた機会があれば付き合うよ」

いつものようにするりとかわすアンブロシウスに、彼女たちは不満を隠さない。口々に「絶対ですよ」「約束ですよ」と言って追いすがってくる。だが——。

「あなたたち、何を騒いでいるの？」

アンブロシウスに付きまとっていた女性たちは、突然現れたその声の主を見て途端に口を閉ざした。

「アンブロシウス様、やっとお帰りになられたのね。お会いしたかったわ。今回はどこに行っていらしたの？」

そう言ってアンブロシウスの腕にしなだれかかってきたのは、幼なじみのメーリだ。

「やあ、メーリ。これから陛下に会わなければならないから、話はまた今度」

「今度っていつですの？　最近はお茶にも付き合ってくださらないから寂しいわ。積もる話もありますのに」

「時間ができたら聞くよ」

アンブロシウスは軽く腕を振るようにして彼女から離れ、「では」と歩みを進めた。

仕事で疲れているのに、それを労《ねぎら》ってもくれず、彼女たちは自己主張ばかりする。それがどうにも苦手だった。

一言、「お疲れ様」と言ってくれれば、少しは話に付き合ってもいいのだが。

王子に取り入るために自己アピールをすることしか考えていない彼女たちには無理だろうな、とアンブロシウスは肩を竦《すく》め、半ば逃げるようにして城の中に入った。

「あれ……？」

中に入って、ちょっとした違和感に気づく。

城内は、なぜか慌ただしかった。使用人が忙しそうに歩き回り、いつも以上に明るい笑顔でこちらを見てくる。

騎士団の副団長として国境の視察から帰城したばかりのアンブロシウスは、そんな使用人たちの浮かれた様子に、有名な音楽隊を呼んで夜会でもするのだろうかとのんきに考えた。

「アンブロシウス、ようやく戻ったか」

階段を駆け上がり長い廊下を足早に進んでいると、背後から声をかけられ、アンブロシウスは素早く振り返った。そこには探していた人物の姿がある。

「ただいま、父上。今回は早めに切り上げてきたほうだけど……」

この場に廷臣《ていしん》などがいれば敬語を使うところだが、家族だけの時は砕けた口調になる。

父は末っ子のアンブロシウスには特別甘く、時と場所をわきまえていさえすればこのような口調でも叱られることはない。父を国王として尊敬はしているが、二人になるとその威厳は少々薄れるのだ。

「今日、何かあったかな？」

礼服を着ている父の姿に、やはり特別な夜会があるのだろうとか考える。アンブロシウスが二週間前に城を出発した時には、そんな予定など入っていなかったのだが。

「ああ。急に結婚が決まってな……」

父の言葉に、アンブロシウスは目を瞠《みは》った。

「結婚？　アーダム兄さんが？」

ひとつ年上の兄がとうとう結婚する気になったのかと嬉しくなる。

アーダムは生まれつき体が弱く、今は郊外の別邸で静養しているのだが、そこで世話をしてくれている侍女と良い雰囲気なのをアンブロシウスは知っていた。お見舞いと称して兄のもとへ遊びに行く度に、さっさとくっついてしまえばいいのにと思っていたのだ。

その侍女は確か貴族だったはずだが、アーダムには王族の義務など関係なく好きに生きてほしいと家族で話しているので、そもそも身分などは問題ではなく、結婚には何の障害もない。

アンブロシウスには四人の兄がいるが、五人兄弟の中で独身なのはアーダムとアンブロシウスだけだ。既婚の兄三人はみんな妻に頭が上がらず、仕事では厳格で勇ましいのに家庭では尻に敷かれているのをずっと見てきた。

父は国王として国民に尊敬されているが、実際にこの城を牛耳っているのは王妃である母だったりする。

この国はもともとクーデターによって立て直しがなされた小国であった。

クーデター前の王は、直系の血筋にばかりこだわり、政治は部下に任せて問題ばかり起こす愚王だった。王族の血筋だというだけで優遇され、貴族たちも腐《くさ》り果てていたため、当時の平民出身の軍隊長補佐が主導してクーデターを起こし、より良い国づくりのために尽力した彼が王座に就《つ》いたというわけだ。

実はその話には裏があって、主導した軍隊長補佐の彼を担ぎ上げたのは国王の妾の娘だったと言われている。彼女は王やその子どもたちから虐《しいた》げられていて、それに耐えられなくなって計画を立てたそうだ。そしてその後は新王となった主導者と結婚した。

そんな始まりだったせいか、王族や貴族だからと特別に優遇されることはなくなり、女性の地位も上がった。

他国との大きな違いは、この国では女性にも発言権があり、重要な役職に就くことも許されているということ。

だから、この国の女性は気が強く主張が激しい。

ずっとそれが普通なのだと思っていたが、初めて自国を出て他国の人々に会った時に、この世には奥ゆかしい女性もいるのだと知った。

あれは、十年ほど前のことだったか。

それまで、他国との交流の場には兄たちばかり連れて行っていた父が、初めてアンブロシウスを誘ってくれた時のことだ。

初めての他国でのパーティーに浮かれていたアンブロシウスは、父が挨拶《あいさつ》回りをしている間に一人で会場内を探検していたのだが、歩き疲れて喉が渇き、飲み物を口にした。

実はその直後から記憶が曖昧《あいまい》になっているのだが、その場にいた少女に声をかけたことは覚えている。

自国の陽気なパーティーとは違って、やや静かな雰囲気の会場ではあったが、その中でもやけに人が少ない場所でぽつんと一人で立っていた少女だ。彼女は、ただ静かにそこにいた。目が合ってもアンブロシウスに声をかけてこない女性がいるのだと、初めて衝撃を受けた瞬間でもあった。

声をかけると恥ずかしそうに俯いた彼女は、アンブロシウスが動揺して飲み物を零《こぼ》すと、心配そうにハンカチを差し出してくれた。

他にも何かやらかしたような気がするのだが、少女はアンブロシウスの失敗を笑わなかった。馬鹿にすることもなく、本気で心配してくれた。もし少女が自国の女性なら、鼻で笑われていたに違いないのに。

自国の女性の気が強く主張が激しいのはそういう国民性なのだろうし、決して悪いことではないが、アンブロシウスはその少女との出会いから、守ってあげたくなる女性に憧れを持っている。結婚するなら奥ゆかしい女性としたい。

なぜなら、自己主張の激しい女性の相手はもう疲れてしまったからだ。アンブロシウスは結婚生活に癒《い》やしを求めているのである。仕事から帰って来たら、笑顔で「お疲れ様でした」と言ってほしい。それだけでいいのだ。

しかし残念ながら、周りにそのような女性などいないのが現実だ。

そんなアンブロシウスとは違い、兄弟の中で一番優しくて穏やかなアーダムには気の強い女性のほうが合うのだろう。アーダムの意中の相手は何でもテキパキとこなし、彼の偏食を叱ったりもするしっかりした人だ。

アーダムが結婚か……と嬉しくも少し寂しい気分に浸っていると、父が大仰に首を横に振った。

「結婚するのはアーダムではなく、お前だ」

「……は？」

父の発した言葉を理解するのに時間がかかった。

結婚するのはアーダムではなく……と反芻《はんすう》してもいまいち頭に入ってこない。

「結婚するのはお前だ。分かったか？」

アンブロシウスが呆けているのを見て、父はもう一度言った。

言葉は分かるが、意味が分からない。

「結婚!?　僕が!?」

「そうだ。お前が結婚する」

冷静過ぎる父の返しに、アンブロシウスは驚いている自分のほうがおかしいのかと一瞬思った。

――いや、僕はおかしくない。そんな話は今初めて聞いた。驚いて当然だ。

アンブロシウスは気持ちを落ち着けようと大きく深呼吸し、なるべく普段通りの声を出すよう努めた。

「ちょっと待ってもらえないかな、父上。アーダム兄さんがまだ独身なのに、弟の僕が先に結婚するわけにはいかないよ。僕はアーダム兄さんが結婚してから、自分の花嫁探しを始める計画だったんだ」

「お前の計画など知ったことか」

呆れたように言い放った後、父は突然遠い目をした。

「先日アーダムに会った時にな、体の弱い自分が結婚しないせいでアンブロシウスがいつまで経っても結婚できないと嘆《なげ》いていた。このままお前がずっと一人でフラフラしていたら、アーダムは死ぬまで自分を責め続けることになるだろうなぁ……」

「ぐっ……」

芝居がかった口調なのが腹立たしいが、兄弟の中で一番仲の良いアーダムにそんな思いはさせたくない。アンブロシウスは何も言い返せなくなった。

黙り込んだアンブロシウスに満足したのか、父は踵《きびす》を返し、さらりと言う。

「もう決まったことだ。ああそれから、お前の花嫁がそろそろ城に着く頃だからすぐに支度をしろ」

――花嫁が着く⁉

結婚の話すら突然だったのに、さらに衝撃的なことを聞かされてアンブロシウスは仰天した。

「急過ぎる！　なぜもっと早く報せてくれなかったんだ！　そうしたら、心の準備もできたのに！」

自分の結婚をどこの誰とも知れぬ花嫁との対面直前に知らされたのだ。非難しても許されるはずだ。

父は歩みを止め、顔だけをこちらに向けた。

「あまり早く伝えてしまうと、お前がアーダムのところに逃げると思ってな。まあいいから、急いで支度をしろ」

そのとおりだが、軽い。なぜ息子の一大事をそんなに軽く扱えるのだろうか。

自分は父親に甘やかされているという自覚があった。兄たちもなんだかんだ言っても、結局毎回やりたいようにさせてくれる。母は多少厳しいが、それでも最終的には許してくれた。使用人や騎士仲間だってそうだ。みんなアンブロシウスのすることを笑って受け入れてくれる。

だから、これからも自由気ままに生きられると思っていた。王族としての責任を忘れたことはないが、正直、自分は政治に向いていないと思っている。

長男は責任感があり国を良くしようとする情熱もあって、次男は交渉力と判断力がある。そしてアンブロシウスの直属の上司で騎士団長を務める三男には指導力と人望があった。

そんな兄たちに比べると、アンブロシウスが自慢できるのは運動神経の良さと生まれ持った幸運だけだ。だから自分にできることといえば、三男の下できっちり仕事をこなすことくらいなのである。

もう何年も戦争がなく落ち着いているし、血筋にばかりこだわっていた以前の国の体制を嫌悪していた前王は子どもたちに政治的な結婚を強要することがなく、一度も結婚しなかった王子もいたくらいなので、この国は婚姻に関してはとても寛大《かんだい》だと思っていた。

それなのに、本人の知らぬ間に勝手に決められてしまったことに驚きと怒りを禁じえなかった。

「どういう経緯で結婚が決まったか知らないけど、会ったこともない女性と結婚しなければならない理由って何だよ！　いくら僕でも今の国際情勢は知っている！　国同士の対立も沈静化して世界的に安定してきたのに、父上は僕に政略結婚をしろと言うのか？　兄さんたちには政略結婚なんて強要しなかったのに、どうして僕だけ！」

普段は声を荒らげることがないアンブロシウスが怒りを爆発させた。そのことに父は少し眉を上げてアンブロシウスに向き直ったが、それ以上表情を変えることはなかった。

「兄たちは確かに恋愛結婚だが、奥方はみんな国にとって有益な家柄だ」

「それは、上流階級の女性以外との出逢いの場がなかったからだよ」

父は最初から、国にとって好条件の女性しか兄たちに会わせていないのだ。そういうところが国王向きの性格だと思っている。

そんな父が、至極真面目な顔で言った。

「これはお前にしか任せられない結婚なのだ。頼む、幸運の王子」

幸運の王子。それはアンブロシウスの通称だ。

アンブロシウスは幸運の女神に愛されていた。

どこまでが本当かは知らないが、アンブロシウスがこの世に生を受けた瞬間、庭園の花が一斉に開き、空には虹がかかり、幻の青い鳥がアンブロシウスの頭上を飛び回ったそうだ。干《かん》ばつに困り果てていた地域には雨が降り、漁獲量が激減していた海では大漁が続き、山を掘れば石炭が出てきて、父の腰痛もなぜか完治した。

それからとんとん拍子に国は繁栄していき、今では大国のひとつに数えられるようになった。

アンブロシウスは何もしていないのだが、彼の誕生のおかげで国が豊かになったと噂されるようになった。そうして、国民から親しみを込めて『幸運の王子』と呼ばれるようになったというわけだ。

アンブロシウスも自分が幸運の女神に愛されているという自覚がある。なにせ、望んだものはすべて手に入り、何かあっても周りの人間が助けてくれて、病気にもなったことがない。つまり苦労知らずで生きてきた。

何でも思い通りになっていたため、父に頼みごとをされるのはこれが初めてだった。思い上がりかもしれないが、この瞬間、一人前になれた気がした。

「……分かった」

冷静になったアンブロシウスは、じっと父を見つめてから結婚を承諾した。すると父の口元が僅《わず》かに緩んだので、拒まれることを多少なりとも危惧《きぐ》していたのだと知る。

父はいつも泰然自若《たいぜんじじゃく》としていて、落ち着いた表情を崩したことがないから、そんな不安を抱いていたことが意外だった。とはいっても、アンブロシウスが拒否してもきっと断行していただろうが。

「せめて相手の女性の素性を教えてくれないかな」

アンブロシウスは覚悟を決め、相手の情報を求めた。何の知識もなく自分の花嫁になる女性と対面することは戦場に丸腰で入るようなものだ。

父はにやりと笑い、アンブロシウスの胸を拳《こぶし》で小突《こづ》いた。

「呪いの王女様さ。幸運の王子にぴったりだろう？」

「呪いの王女……？」

そんな謎の言葉を残し、父は悠々と去って行った。

それだけで素性が分かるはずもなく、アンブロシウスは廊下の真ん中で頭を抱えることになったのだった。

❀　❀　❀

結婚なんて考えてもいなかった。

リューディアはグレンベリア国王に挨拶をしながら、ぼんやりとそんなことを思っていた。

呪われている自分を受け入れてくれる人なんているはずがないし、きっとどこへ行っても厄介者《やっかいもの》扱いをされるだろうと想像できた。

幸運の王子が繁栄させたこの国でだって、自分がいるときっと悪いことが起きる。それが申し訳なくて、何度引き返そうと考えたことか。

両親の話では、目の前のグレンベリア国王はリューディアが呪いの王女であると承知のうえで縁談を承諾したらしい。奇特な方だ。

けれど、呪いの王女を娶《めと》る立場のアンブロシウスはそれをどう思っているのか……。

「リューディア王女、長旅でお疲れでしょう。歓迎の宴《うたげ》は明日ですから、今日は部屋でゆっくりお休みください」

グレンベリア国王は穏やかな口調でリューディアを気遣ってくれる。

国王とは以前一度だけ会ったことがあるが、誰に対しても丁寧な口調であるところも誠実で優しそうな印象も変わっていない。

「はい、そうさせていただきます。ご厚情痛み入ります」

慣れない旅で確かに疲れていたリューディアは、ありがたくその気遣いを受け入れ、淑女の礼をする。その時、謁見《えっけん》の間に誰かが入って来た。

「遅かったな、アンブロシウス」

国王の言葉で、入って来たのがアンブロシウスだと分かる。

「申し訳ありません。支度に手間取ってしまって」

よく通る快活《かいかつ》な声で答えるアンブロシウスに視線を移す。

輝くような金色の髪に、自信に満ち溢れた碧色の瞳。人形のように整った顔立ちは『美しい』と形容していいだろう。背は高く筋肉も綺麗についていて均整の取れた体形をしている。男らしい顔立ちでがっしりとした体軀《たいく》の国王にはあまり似ていない。

どちらかというと気難しそうな顔をしている国王と比べ、アンブロシウスからはこの世には善しかないと考えていそうな無邪気な雰囲気を感じる。彼は存在自体が絵本に出てきそうな王子様そのものだ。

「リューディア王女、彼がアンブロシウスです。幸運の王子と呼ばれているのはご存知でしょう。その名のとおりきっとあなたに幸せを運んでくれると思いますよ」

国王の言葉に素直に頷けないまま、リューディアはラウラがいつも褒《ほ》めてくれる完璧な礼をして見せた。

「アンブロシウス様、お初にお目にかかります。リューディアと申します」

挨拶が済むと、すぐに目を逸らす。失礼なことだと分かっているが、離れた場所からとはいえ、アンブロシウスがキラキラした眼差しでこちらを見ているのが耐えられなかった。

すると、アンブロシウスがツカツカと足音を立てて近づいて来た。下を向いてしまったため、彼の足もとだけが視界に映る。

最初に見えていたのはブーツだけだった。けれど膝が見える位置まで来てもアンブロシウスの歩みは止まることがなく、リューディアは思わず後退りした。それでも縮まる距離にリューディアの身が竦む。それに気がついたのか、彼はぴたりと足を止めた。

止まったことに安心したリューディアがおずおずと顔を上げると、瞬間、彼は驚いた顔をした。

怒らせたのではないようだが、これはいったいどういう表情だろうか。リューディアは戸惑いの表情で彼を見返す。

「アンブロシウス、どうした？」

リューディアの訊きたいことを国王が代わりに訊いてくれた。

国王の声でアンブロシウスは我に返ったように慌てて背筋をただし、こほんっと小さく咳払いをした。

「これは失礼。僕はグレンベリア国第五王子のアンブロシウスです」

彼は手を胸に当て、片足を一歩下げると大仰に礼をする。それを見て、以前も大仰な動作の男性が親しげに話しかけてきたことがあるのを思い出した。男性はその後すぐに足を滑らせて料理が並んだテーブルに突っ込んでいったのだった。

リューディアはぎこちなく微笑み、スカートをつまんで礼を返し、一歩下がった。

普段リューディアにこんなに近づくのは、呪いの影響が少ないラウラとイグナートくらいだ。だから他の人間との距離感が分からない。あまり近づき過ぎると、彼にも不幸が降りかかってしまう気がした。

「…………」

アンブロシウスが何か言いたそうにこっちを見つめてくる。けれど口を開くことはない。自分でも何を言いたいのか分かっていないのか、複雑な表情でただリューディアを見下ろしていた。

国王とは違い、彼は思っていることがそのまま顔に出る素直な人なのだろう。

どうしていいのか分からず、リューディアも逸らされることのないその瞳を見つめた。

こんなに長い時間人と目を合わせることなどあっただろうか。『呪いの王女』と呼ばれるようになる前にはあったかもしれないが、みんなリューディアと目が合うと呪われると思っているらしく、いつからか顔を見ることすらしなくなっていた。

ラウラとイグナートはしっかりと目を合わせてくれるが、もし彼らに何かあったらと思うと怖くて、リューディアのほうが視線を逸らしてしまうことが多かった。

それなのになぜだろう。今こうしてアンブロシウスをまっすぐに見つめているのは。

『幸運の王子』である彼には何も起きないと期待しているのだろうか。

ここへ来る道中何事もなかったことが理由なのかもしれない。彼だったらもしかして……なんて希望を持ってしまったのは。

見つめ合ってどのくらいの時間が経ったのか、アンブロシウスの口元が僅かに動いた。

もごもごと小さく何かを言っている。

聞き取れず首を傾げると、ふいにアンブロシウスが右手をゆっくりと持ち上げた。その手がリューディアの頬に触れる寸前、ごほんっという誰かの咳払いが聞こえた。

「あ……」

「あ……」

リューディアとアンブロシウスは同時に声を上げ、一歩下がる。その瞬間、アンブロシウスの足がもつれ、彼の体がぐらりと揺れた。

咄嗟に手を伸ばしかけたリューディアだが、彼の体がこちらに倒れ込んできたため、両足にぐっと力を込めて受け止める体勢になった。

「おっと……!」

アンブロシウスの声が耳元を掠《かす》め、両肩がずんっと重くなった。彼の手がリューディアの肩を摑んだことで転倒を防いだようだ。

前屈みになったアンブロシウスの髪がリューディアの頬を撫《な》でる。ふわりと花の匂いが漂ってきて、好きな匂いだとぼんやりと思った。

「し、失礼。国境警備の視察から先程戻ったばかりで疲労が溜まっているのかな。ずっと馬に乗っていたせいで、足もとの感覚がおかしくなっているようです」

アンブロシウスは弾かれたようにリューディアから体を離し、早口で言い訳をした。その頬は少し赤くなっている。

疲れているのに挨拶をしに来てくれたのはありがたい。しかし今のふらつきは本当に疲れのせいだろうかと疑ってしまう。

リューディアに近づいたせいではないか。目を合わせたせいではないか。そう思わずにはいられない。

――やっぱり、私は……。

照れたように頬をかくアンブロシウスから目を逸らし、リューディアは胸の前で両手をぎゅっと握った。

「いいえ。あの……なるべく私に近づかないでください」

「え？」

「私には近づかないほうがいいです」

アンブロシウスの怪訝《けげん》そうな声に、リューディアはさらに言葉を重ねてから、しまったと思った。つい口に出してしまったが、あまりにも無礼だ。

ちらりと盗み見たアンブロシウスの顔は、ひどく強張っていた。

怒らせたようだ。彼には眩《まぶ》しいほどの笑顔が似合うのに、こんな顔をさせてしまった。

幸運の王子の笑顔を消してしまったリューディアは、やはり呪いの王女だ。

謝罪をしようと口を開くと、くくく……と押し殺した笑い声が聞こえてきた。驚いて声のしたほうに顔を向ける。

「ああ、すまない」

リューディアの視線に気づいた国王が、笑いを堪えた顔で言った。

礼儀を欠いた態度のリューディアを非難するなら分かるが、なぜ笑うのか。国王はアンブロシウスを見て、我慢の限界とばかりに再び小さく声を出して笑った。

「国王様……？」

「くくく……。いやいや、みっともないところを見せて申し訳ない。アンブロシウスの顔がおかしくてね」

話しながら笑いが収まったのか、国王はいつもの悠然とした表情に戻った。そして、ぴくりとも動かないアンブロシウスからリューディアに視線を戻す。

「私を含め、周りの人間はどうにもアンブロシウスには甘くてね。自分の思い通りにならないこともあると知るのはいいことだ。これからももっと絶望に突き落としてやってくれ」

穏やかな口調と言葉の内容がちぐはぐだと思いながら、リューディアは理解した。

今までアンブロシウスにあんなことを言う人間はいなかったのだろう。誰からも愛されて、誰にでも受け入れてもらえるのが当然の人生だったに違いない。

国王に『もっとやれ』とお墨付《すみつ》きをもらったが、リューディアは彼が嫌いで拒絶したわけではない。自分に近づくと悪いことが起きるから近づくなと言ったのだ。

そのことを説明したいが、硬直しているアンブロシウスは名前を呼んでもまったく反応しなかった。この状況を面白がっているらしい国王は、アンブロシウスをそのままにしてリューディアには部屋で休むようにとすすめてくれた。

話を聞いてもらえる状態ではないので、リューディアは申し訳なく思いながらも与えられた部屋に向かった。

案内された部屋は、ルーヴァル国のリューディアの私室より広く、窓が多いため、太陽の光がたくさん差し込んでいた。

国から持ってきた私物は、すでに部屋に運び入れられている。できるだけ早くリューディアから離れたかった自国の使用人たちが、急いで作業をしたのだろう。

リューディアはふかふかのソファーに腰を下ろし、ぎゅっとスカートを摑んだ。

「私、間違ってしまったわよね？」

独り言のような沈んだ声が零れる。

ラウラとイグナートは国王の厚意で同じ部屋にいたので、話は聞こえていたはずだ。

「頭を下げていたのでアンブロシウス様の反応までは分かりませんけれど、国王様は楽しそうだったので心配ないと思いますよ」

お茶を淹《い》れてくれていたラウラが明るく返してくれたが、幸運の王子を絶望させてしまった事実は変わらない。

「あんなふうに言うつもりではなかったの。でも、私のせいでアンブロシウス様が幸運の王子でなくなったらと考えると怖くて……」

そんなことになったら、アンブロシウスにもグレンベリア国にも申し訳ない。

「リューディア様は何も悪くありません。たったあんなことくらいでショックを受けるなんて、幸運の王子は打たれ弱過ぎます。どれだけ甘やかされてきたのか……。あれで王族としてやっていけているのでしょうか」

扉の前に控えていたイグナートが、低く抑揚《よくよう》のない声で言った。

彼は護衛という職業柄、気配を感じさせない。周囲に溶け込むのが得意で、いつも気がつけば傍にいる。だから存在を忘れてしまうこともあるのだが、何かあればすぐに駆けつけてくれるので頼りにしていた。

「そうですよ。リューディア様は悪くありません。でも打たれ弱いとはいえ、アンブロシウス様はとても素直で誠実そうでしたね。実は私、少しだけ盗み見してしまいました」

ラウラは「顔も良かったですし」と付け加えながら、リューディアの前に紅茶の入ったカップを置いた。

「ええ、そうね」

リューディアが同意すると、ラウラはキラキラと瞳を輝かせた。

「突然の結婚話で驚きましたけど、うまくいくといいですね。アンブロシウス様は想像していたよりも分かりやす……良い人そうですし、リューディア様とアンブロシウス様が並ぶと美男美女で絵になりますから」

うふふと笑うラウラに、苦笑するしかなかった。

「無礼なことを言ってしまったのよ。……アンブロシウス様はきっと、もう顔も見たくないと思っていらっしゃるわ」

「それはないですよ。国王が甘やかしていたということは、わがままし放題だったはずです。そういう人は、自分のやりたいことを我慢しません。リューディア様の美しさに思わず見惚《みと》れたって顔をしていましたから、絶対に会いに来ます。リューディア様の魅力に抗える男性なんていないんです！」

ラウラが力強く言い切ると、すぐにイグナートも「同意です。あの王子は、そんなリューディア様の夫になることがいかに幸運かもっと自覚したほうがいい」と言う。

ラウラとイグナートは事あるごとに大袈裟《おおげさ》なほど褒めてくれる。リューディアに魅力なんてあるはずがないのは承知だが、彼らの優しさに今までどれだけ救われたか分からない。

不幸を振りまく自分さえいなければ……。そう思う度に二人がこんなふうに褒め称えてくれて、『リューディア様は悪くない』と励ましてくれる。

リューディアが今日まで生きてこられたのは、ラウラとイグナートのおかげだ。

「それに、もし幸運の王子が期待外れでも、リューディア様は何もご心配なさらないでください。逃げ出したくなった時は私たちがどうにかしますから！　ね、イグナート」

ラウラは力強く言ってイグナートに同意を求めた。

「最初からそのつもりです。リューディア様がお望みならすぐにでも連れ去って見せましょう。追手がかからないように代わりの遺体も用意して後処理も完璧にしますのでご安心ください」

イグナートの言葉はいつも冗談のような内容なのに本人はにこりともしないので、笑っていいのか真剣に受け止めていいのか分からない。きっと本気で言ってくれているのだと思うが、気軽に相槌を打てなかった。

「いいわね。その時はどこか遠くへ逃げて三人で暮らしましょう」

すぐにラウラが嬉しそうに手を打ち、イグナートは「そうしよう」と頷いた。

あまりにも簡単に『三人で』と言う彼らに、リューディアは首を横に振る。

「それは駄目よ。ラウラはルーヴァル国に婚約者がいるでしょう。それにイグナートも故郷に体の弱い妹さんがいるもの。逃げるなら私一人で逃げるわ。あなたたちは帰るべきところに帰らないと」

帰れる場所があるのなら、そこへ帰るのが一番だ。なにも自ら不幸になろうとしなくていい。

「それこそいけません。私はリューディア様に助けていただいたあの日から、一生リューディア様の侍女でいると心に決めているのです。だからどこまでもお供しますから！」

拳を握るラウラからは、絶対に離れないという意思を感じる。

「俺もリューディア様のためならどんなことでもしますし、どこまでも着いて行きます」

イグナートが『どんなことでも』と言うと怖いことまで考えてしまうが、彼からも強い決心が伝わってくる。

リューディアは幸せというものを彼らに与えることができない。それでも一緒にいると言ってくれる気持ちが嬉しかった。

「ありがとう。ラウラ、イグナート」

優しい二人に対しても何かあるといけないと思って視線を合わせ続けることはできないが、それでも彼らが笑ってくれたのは分かった。

お礼を言うことしかできないけれど、二人がそこまで恩義を感じることなんてないのに
……とリューディアは顔を伏せる。

ラウラはリューディアが助けたと言うが、そこまで大袈裟なことはしていない。何年か前、調理場の外で泣いている少女をたまたま見つけて、話してみたら気が合ったから自分の侍女になってほしいとお願いしただけだ。

ラウラはリューディアのことを怖がらなかったし、年が近い友達も欲しかったというの

が本音だった。親がいないというだけで、まるで奴隷のような扱いをされている少女を見捨てることなどできなかったというのは後付けの理由に過ぎない。

それにイグナートだって、体の弱い妹の薬代のために実力だけで騎士になったと聞いたから、定期的に薬を届け、何かあった時には医師が駆けつけることができるように手配しただけだ。

そうしたら、リューディアの護衛騎士に志願してくれて、呪いのせいで他の騎士が辞めてしまってもただ一人残り、今に至るというわけだ。

困っている人がいたら手を差し伸べるのは王族として当然のことである。そう父に言われ続けたからそのとおりにしていただけのこと。

どちらも当たり前のことなのだ。だからそんなに感謝されることではない。

他の人には拒絶されたけれど、ラウラとイグナートはリューディアが差し伸べた手を取ってくれた。感謝すべきなのはこちらだ。

家族以外でリューディアを恐れず手を取ってくれたのは彼らだけ。……いや、もう一人いたかもしれない。昔、目の前で転んだ人に手を差し伸べたらしっかりと握ってくれたことがあった。少し意味が違うけれど、その人もリューディアを恐れてはいなかったと思う。

呪いの王女の噂を知らなかっただけかもしれないけれど。

それと、グレンベリア国王もだ。彼は逆にリューディアに手を差し伸べてくれた。それには本当に感謝している。

うまくいくなんて楽観はできない。けれど、素晴らしい王と幸運の王子がいるこの国で、この体質が少しでも改善されれば嬉しいと願っている。

幸運の王子を利用するようで心が痛むけれど……。

リューディアは、まっすぐにこちらを見つめるアンブロシウスの綺麗な碧色の瞳を思い出し、叶うのならあの瞳をもう一度見たいと思った。

二章

翌日。

長旅で疲れているだろうからという国王の配慮で、食事は部屋でとらせてもらえることになった。昨夜の夕食時に続き今日の朝食時も、城の使用人がリューディア一人では食べきれないほどの料理を部屋に運んでくれた。あまりにも美味しかったのでこっそりとラウラとイグナートにも食べてもらい、朝食後の紅茶を飲んでいる時だった。

扉がノックされてラウラが対応したのだが、入って来た人物を見てリューディアは飛び上がりそうなほど驚いた。

「やあ、リューディア」

爽やかな笑みを浮かべて颯爽《さっそう》と登場したのはアンブロシウスだった。昨日のリューディアの無礼を責めている様子はなく、むしろ昔からの知り合いのように親しげに話しかけてくる。

「君に会いたくて、居ても立ってもいられずに来てしまったよ。昨夜はよく眠れたかい？　枕が変わると寝られないっていう人がたまにいるけど、君は大丈夫なほう？」

「は、はい、大丈夫です」

「食事はどうだったかな？　ルーヴァル国と違ってこの国の食べ物はこってりしているだろう。口に合うかどうか心配だったんだけど」

「とても美味しかったです」

「それなら良かった。他に何か困ったことはないかい？　言ってくれれば何でも用意するよ」

「ありがとうございます」

　話しながら、アンブロシウスは流れるように向かい側のソファーに座った。あまりにも自然な動きだったので、ここは彼の部屋だっただろうかと一瞬錯覚してしまう。

　アンブロシウスは、今日もまっすぐにリューディアを見つめてくる。この目をもう一度見たいと思っていたが、いざ面と向かってみると、子どものように邪気のない眼差しに心を見透かされているように感じて居心地が悪い。

　リューディアはさっと下を向いた。

　彼がこちらに向けてくる天真爛漫《てんしんらんまん》な笑顔は、ラウラともイグナートとも他の誰とも違う。

まさかとは思うが、リューディアが『呪いの王女』と呼ばれているのを知らないのだろうか。

「あの……」

リューディアは力の入った自分の両手を見ながら切り出した。

「昨日は失礼いたしました。私の言葉が足らず、不快な思いをさせてしまいました。……でも、本当に私には近づかないほうが良いのです。近くにいると不幸になります。私は呪いの王女ですから」

「そうらしいね」

アンブロシウスの返事はあっさりしたものだった。リューディアは思わず顔を上げる。

「知っていらっしゃるなら、どうしてここへ？」

普通なら関わらないようにするだろう。それなのにアンブロシウスは避けるどころか身を乗り出すようにして、自信満々に胸を叩いた。

「大丈夫。僕は幸運体質なんだ」

どうだとばかりに微笑む彼に、リューディアは小さく頷いた。

「……存じております」

だからこそ、この国に来たのだ。彼もそういう事情を聞いているということだろうか。

アンブロシウスは満足そうな様子で深く座り直すと、髪の毛をさらりとかき上げた。

「僕は幸運の女神に愛されているという自覚があるからね。そういう星の下に生まれているから絶対に不幸にはならないんだ。だから君は何も心配することはないんだよ」

リューディアを安心させるための気遣いではなく、本気でそう思っているようだった。

この自信はどこから来るのだろう。あまりに得意満面な彼に、リューディアは「はい」と返すことしかできなかった。

「僕と一緒にいれば、君も幸運になると思うんだ」

「はい」

「もちろん、僕も幸せだ」

「はい」

「僕は君にぴったりの夫だよね。これも、幸運の女神の思し召しかもしれない」

「はい」

彼は十九歳になると聞いているが、その言動は十四歳ぐらいに見える。あまりに曇りがなさ過ぎて純粋なまま成長してしまったという印象だ。

幸運の女神に愛されている彼は、人の悪意に晒されることなく、不運に見舞われることもなく今日まで来たのだろうか。もしそうだとしたら、この先、リューディアのせいで悪いことが起きた時にきちんと対処できるか心配になってきた。

それからすぐに仕事へ向かったアンブロシウスを見送ると、一部始終を見ていたラウラがニコニコと嬉しそうに言った。

「あそこまで自信満々だと期待できそうですね。アンブロシウス様に悪いことは起きないのではないですか」

「そうだといいのだけれど……」

本人に自信があっても、起きる時は起きるのだ。

リューディアは憂いを払うことができず、アンブロシウスが出て行った扉を心配そうにじっと見つめた。


その夜、リューディアの不安は的中することになる。

リューディアは、自分の歓迎の宴に出席するために、ラウラとイグナートとともに一階にある食堂に向かっていた。

外はまだ明るく、庭で蝶々《ちょうちょう》が舞っているのが見える。それを目で追っていると、飛んできた鳥が窓枠に留まって可愛らしく鳴いた。

人間には怖がられるが、動物はこうしてよく寄ってきてくれる。

リューディアは足を止めて黒と青の羽が綺麗な鳥に微笑んだ。

「今は何も持っていないの。部屋にパンを用意しておくから後でまた来てね」

言っている意味など理解していないだろうと分かっているが、リューディアは鳥にそう話しかけた。すると鳥は首を傾げ、ぱっと飛び立っていった。

それを見送り再び歩き始めると、リューディアの心はどんよりと曇っていく。

考えれば考えるほど、思考が悪いほうに向かうのだ。これまでの自分の周りでの出来事を思い出すと、いくら幸運の王子といえども回避できないのではないかという結論にたどり着いてしまう。

そんな鬱々とした気分で階段を視界にとらえ、リューディアは僅かに眉を寄せた。階段の途中にアンブロシウスがいたのだ。

ただ階段を下りているだけなのに、周囲にいる人々の視線が集まっている。使用人たちは誇らしげに彼を見ていた。それだけで、いかに国民から愛されている存在なのか分かる。

リューディアは歩く速度を落とした。階段は危険だからだ。

たまにではあるが、リューディアが近くにいたばかりに階段から落ちたり、階段の上にいた人が手を滑らせて物を落とした先にも人がいたりして、ひどい時は数人いっぺんに巻き込まれて事故に遭うこともあった。

それらを目撃していたリューディアは、誰かが階段を使っている時には極力近づかないよう配慮しているのである。昨日も案内役の使用人が上りきるまで待ってから階段を使っていた。

それなのにアンブロシウスは、階段の手前で止まったリューディアに気がついてしまった。

なるべく音をたてないようにしていたが、靴音で分かったのだろうか。彼は二階にいるリューディアを見上げるようにして振り返った。

しかし、その顔が笑みのかたちになった直後、突然アンブロシウスの片足がずるりと階段の縁から滑り落ちる。

「あ…！」

リューディアは思わず階段を駆け下りた。この距離ではとうてい間に合わないと頭では理解しているのに、体が勝手に動く。

けれど、すぐに動きを止めた。アンブロシウスが素早く体勢を立て直したからだ。落ちそうになったというのに、彼は照れたように顔を赤くして嬉しそうに笑う。

「やあ、リューディア」

朝と同じように挨拶をされ、リューディアは安堵《あんど》しながら淑女の礼で返す。

それから二人は立ち止まったまま見つめ合った。というよりも、リューディアはアンブロシウスが階段を下りきるのを待っているのに、彼のほうはリューディアが階段を下りて自分のところに来るのを待っている。そんな状態だ。

だがすぐに、アンブロシウスが何かを思いついたように「ああ」と呟き、くるりとこちらに体を向けて階段を上って来た。

「僕がエスコートしないとね」

そう言いながら最後の一段に足をかける。また足を踏み外したらどうしようとハラハラとそれを見守っていたが、アンブロシウスは無事にリューディアの傍までやってきた。

「どうぞ」

差し出された腕を見て、リューディアはしばし悩む。階段という危険な場所で、果たしてこの腕をとっていいものか。

考えている間に、優雅な外見のわりに筋張って男らしいアンブロシウスの手に、何かで切ったような一筋の赤い線があるのを目にし、リューディアは眉をひそめた。

「アンブロシウス様、手にお怪我をなさっています」

「え？」

彼はきょとんとした顔で手の甲に視線を落とし、「ああ、本当だ。気がつかなかった」と呟き、まったく問題ないというふうにその傷をそっと撫でる。

そして、先程と同じように腕を差し出してきた。

「大丈夫だよ」

たいした傷ではないという意味だけではなく、リューディアがなぜ手をとるのを躊躇《ちゅうちょ》していたのかが分かったうえでの『大丈夫』なのか、アンブロシウスは自信に満ちた笑みを浮かべている。

「失礼いたします」

リューディアは覚悟を決めて、アンブロシウスの自信に賭けてみることにした。さっき階段を転げ落ちなかった彼ならきっと大丈夫……だったら良いなという希望的観測だ。

アンブロシウスの腕にそっと手をのせてみる。意外と筋肉質でがっちりしていた。

「では、行きましょうか」

かしこまった口調のアンブロシウスに頷いてから、リューディアは慎重に一歩踏み出す。

恐る恐るといったリューディアの歩みに合わせてくれるアンブロシウスだが、しっかりとリードもしてくれた。

これまで経験がなかったので初めて知ったが、誰かに頼って歩くというのはなかなか快適なものだった。アンブロシウスのリードがうまいのか、足もとに注意を払わなくても歩きやすい。

順調に階段を下りてみんなが待つ食堂に着いた頃には、完全に頼りきってしまっていた。

すると、扉を開ける前にアンブロシウスが「リューディア」と声をかけてきた。

「さっきは恥ずかしいところを見せてしまったね。君に見惚れてつい足もとが疎かになってしまったよ」

彼はお世辞もうまいらしい。

「いいえ。何も恥ずかしいことはありません。私がもう少し早く部屋を出ていれば、アンブロシウス様が足を踏み外しそうになる危険はありませんでしたから。あれは私のせいなのです。申し訳ございません」

あれは、リューディアの呪いのせいで落ちそうになったが、アンブロシウスの幸運のおかげで踏み止まったのではないかと思っている。

だから、階段でリューディアと出くわさなければ、初めから危険なことはなかったのだ。

背の高いアンブロシウスを見上げるようにして謝罪すると、彼はなぜか微妙な表情をした。

「うん……？　君は何も悪くないよ。僕が君の綺麗なドレス姿に見惚れたせいだからね」

「いいえ、アンブロシウス様は悪くありません。背後から近づいた私が悪いのです。ですが、褒めてくださってありがとうございます……？」

お互いに小さく首を傾げながらの会話だった。

話が嚙《か》み合っていない気がする。だがそれ以上言うとますます嚙み合わなくなりそうだったので、二人でにっこりと微笑み合って会話を終了し、扉を開ける。

食堂には国王と三人の男性が着席していて、まだ半分くらい席が空いていた。

「上座から、父、長男アンデシュ、次男ロビン、三男ペールだよ。四男アーダムは体が弱くて、遠方で静養中なんだ」

アンブロシウスがリューディアの耳に顔を寄せて小声で教えてくれる。リューディアもここに来る前にアンブロシウスの家族構成は勉強していたので名前は知っているが、顔は直接本人を見ないと分からないため助かった。

緊張しながらも、リューディアは淑女の礼をして彼らに挨拶をする。すると彼らも「よろしく」と丁寧に返してくれた。

それが終わるとアンブロシウスが席までリードしてくれて、当然という様子で椅子を引いてくれた。ルーヴァル国では使用人以外の男性がそんなことをしてくれるという習慣がないので、リューディアは僅かに目を見開きながらも笑顔でお礼を言う。

「ありがとうございます。アンブロシウス様」

アンブロシウスは一瞬呆けたような表情をしたが、すぐに満面の笑みで頷いた。

「どういたしまして。君の素敵な笑顔が見られるなら、何度だって椅子を引くよ」

アンブロシウスは少し気障《きざ》だ。そう確信するリューディアの隣に、彼はいそいそと座った。

兄弟たちがチラチラとアンブロシウスに視線を向けているのだが、座ってからもなぜかこちらを見てにこにことしている彼はそれに気がつかない。

リューディアはアンブロシウスに『見られていますよ』と口の動きだけで伝えた。けれど彼は理解できなかったらしく、リューディアのほうに身を寄せてきたので、目の前に迫ってきた彼の耳に囁《ささや》くように「お兄様たちがこちらを見ていますよ」と告げる。

するとは、「気にしなくていいよ」と表情を変えずに言った。どうやら視線に気づいていて無視を決め込んでいるらしい。

なぜそんなことをするのかとリューディアは首を傾げる。

ちょうどその時だった。食堂の扉が開いたと思ったら、それまで静かだった室内が一気に騒がしくなる。

「遅れてしまったかしら。ごめんなさい」

「身支度に手間取ってしまいました。気合を入れないといけないと思って」

「もうみんな揃っていますす？　私たちが最後かしら」

扉の向こうから、着飾った三人の美女が姿を現した。

最初に入って来たのはぽってりとした唇の妖艶な美人。次は垂《た》れ目の表情豊かな美人。そして二人に比べると少しほっそりとしたクールな美人。それぞれ違った美しさを持つ三人は、アンブロシウスの兄たちの奥方なのだろう。

彼女の夫たちが一斉に立ち上がって椅子を引き、奥方たちはさも当然というように彼らの隣に座る。リューディアには見慣れぬ光景だが、この国ではこれが普通らしい。

「入って来た順に、第一王子夫人アマンダ、第二王子夫人マリアーナ、第三王子夫人スヴィだよ。アマンダは僕たちの幼なじみでしっかり者、マリアーナは議長の娘だけど自由奔放《ほんぽう》、スヴィは商人の父親と他国に行く機会が多かったから外国の知識が豊富だ。三人揃うとすごく騒がしくなるから、僕はあまり近づかないようにしているんだ」

アンブロシウスはそう言いながら肩を竦めた。美女たちを苦手としているらしい。

先程以上に詳しく教えてくれたことに感謝していると、再び扉が開いた。

「私が最後のようね」

悪びれもせず堂々と入って来たのは、この中にいる誰よりも派手で誰よりも美しい婦人だった。

「母だよ。この城での実質的な支配者さ」

アンブロシウスに言われなくても王妃だと分かった。整った顔立ちや自信に溢れた佇《たたず》まいが彼にそっくりだからだ。

長男と三男は父親似で、アンブロシウスは母親似、次男はその中間という感じだ。

王妃は食堂に入って来るなり、小声で話すために体を寄せ合っていたリューディアとアンブロシウスを見て「うふふ」と笑った。

「あらあら、随分と仲が良いのね。この分だとすぐに孫の顔を見られるかしら」

からかうように言った彼女は、優雅に上座へ進むと王に椅子を引いてもらっていた。

王までやるのかと思ったが、この国は女性を大切にする紳士の国なのだと認識することで驚きをのみ込む。

「みんな揃ったね。では、始めようか」

そう言ってアンブロシウスが立ち上がったのをきっかけに、リューディアは改めて女性たちを含む全員に挨拶をした。

すると、少し怖そうだと思った女性陣は気さくにリューディアを歓迎してくれた。好意的な態度に安堵するが、リューディアが『呪いの王女』だと知らないからではないかとも思ってしまう。

「まさか、本当に夢を叶えてしまうなんてね」

「幸運の王子の名はだてじゃないわ」

「アンブロシウス王子は本当に幸運の女神に愛されているのね」

リューディアの不安を知ってか知らでか、王子の妃たちは三人で楽しそうにきゃっきゃっと会話をしている。王子たちもそれに頷いているが、リューディアには内容が理解できなかった。

アンブロシウスが幸運の王子だから何かを実現したらしい。

王は傍観を決め込んでいるし、王妃はアンブロシウスと同じようにずっとにこにこしているため、取り残されているように感じているのはリューディアだけだった。

「あの……、夢とは何なのですか？」

リューディアは思い切ってアンブロシウスに問いかけてみた。

すると彼はじっとリューディアを見つめた後、少しだけ照れたように口を開く。

「僕の夢は、リューディアのような奥ゆかしい女性と結婚することなんだよ」

「え……？」

これは、リューディアに気を遣って出た言葉だろうか。呪いの王女と結婚したいと思う人なんているはずがないのだから。

それに、リューディアは奥ゆかしいと言ってもらえるような性格ではない。

けれど、アンブロシウスが結婚を受け入れているということが伝わってきたので、リューディアは小さく微笑んでお礼を言った。

それからは、食事が始まっても会話に入れないことを悟《さと》り、リューディアは他のことに注意を向けた。

まず女性陣のドレス。リューディアの故郷と違い、この国では豊満な体を強調するドレスが主流らしかった。隠すことばかりを考えている故国と違い過ぎて、同性なのに目のやり場に困ってしまう。

男性の服装も比較的装飾が多く、裾《すそ》には金糸で刺繍もしてある。普段着ではないだろうが、式典用だと言われても納得してしまうほど作りが凝っていた。故国の男性の服装がひどく地味に思える。

服装だけではない。ここにいる人たちはみんな生まれながらにして『自信』を有しているように見えた。身の内からエネルギーが溢れ出しているようで、ひどく眩しく見える。

リューディアの故国の人々が暗いというわけではないが、この国の人たちに比べたら、何事に対しても消極的であるのは否めなかった。こんなふうに女性が主導権を握って話すことはないし、だからといって男性が饒舌《じょうぜつ》なわけではないので、この国の人たちから見たらリューディアの国の人たちは寡黙《かもく》に見えるかもしれない。

新作のお菓子が美味しいとか、どこかの貴族が変な趣味のせいで身を滅ぼしたとか、最近幽霊が出ると噂になっているとか、使用人の誰と誰が恋仲だとか、食事中もおおいに盛り上がる会話に、そんなによく次々と話題が出てくるものだと感心もした。笑い声も絶えず聞こえてくる。

故郷ではいつも黙々と食べていたので、リューディアは食べながら話すという器用なことができない。

「あの人たちのことは気にせず、自分のペースで食べるといいよ。騒がしくてごめんね」

気後れしているリューディアに、アンブロシウスがこっそりと囁いた。その言葉に、リューディアは少し肩の力を抜く。

「……はい。ありがとうございます」

自分で思っているよりも緊張していたらしい。料理の味も分かっていなかったと今頃になって気がついた。

「この腸詰がおすすめだよ。料理長が厳選したスパイスを使っていて、噛むと肉汁が溢れ出てくる素晴らしい逸品で、僕も大好きなんだ」

リューディアの皿にアンブロシウスが腸詰を取り分けてくれたので、一口サイズに切って口に入れる。スパイスと肉のバランスが素晴らしい一品だった。

「美味しいです」

「それは良かった。たくさんあるからもっと食べるといいよ」

素直な感想を述べると、アンブロシウスは嬉しそうに笑った。

彼がみんなに愛されているのは、幸運の王子というだけでなく、こういう気遣いができるからなのだろう。

自分と正反対の人間だからと最初に苦手意識を持ってしまっていたが、彼は尊敬すべき人なのかもしれない。

そんな思いでアンブロシウスの横顔を見つめた時、視線の端で黒っぽい何かが動いた。

「きゃあっ！」

「何!?」

誰かが悲鳴を上げ、それにつられて次々に金切り声が上がる。同時に、ガチャンッとグラスが倒れる音や、皿が床に落ちてバリンッと割れる音が響いた。

連鎖するようにガチャガチャと皿やグラスが倒れ、中身がテーブルの上に零れる。

「鳥だ。どこから入って来たんだ？」

第一王子が食堂内を飛び回る鳥を指さした。そこで初めて、この騒動の原因を知る。

見ると、黒と青の羽が綺麗な小さな鳥が忙しなく飛び回っていた。ここに来る前に近寄ってきた鳥だろうか。色が似ているが確信は持てない。

「きゃー！　食堂に入って来るなんて！」

「どこから入って来たの！　言うことを聞かないから鳥なんて嫌いよ！」

「誰か早く捕まえて！　外に出して！」

妃たちは正体が分かっても悲鳴を上げることをやめず、夫たちはそんな彼女たちを静めるために、鳥を捕まえようと追いかけ始めた。

一人が騒ぎ出すとみんながつられてしまい、落ち着いているのは王と、座ったままのアンブロシウス、そして悲しいかなこういう騒動に慣れてしまっているリューディアだけだった。

王妃は王の腕に抱き着いて不安そうにしていて、王子の妃たちはドレスが汚れてしまったと騒ぎながら食堂の隅に避難している。

使用人と王子たちが捕まえようとしてもすばしっこくて捕まえられない鳥は、悠々と食堂内を飛び回ってから、アンブロシウスの肩に留まった。

さすが幸運の王子と言うべきか、鳥にも好かれる彼に驚く。

鳥はリューディアを見て可愛らしく鳴いた。

「あら」

「まあ」

「ふふ……」

大騒ぎをしていた王子の妃たちが、それを見て小さく笑った。なんとなく好意的な笑いではないようなのが気になったが、今は鳥が再び飛び立たないように注意しなければならない。

「アンブロシウス！　動くなよ！」

第二王子の言葉に、アンブロシウスはゆっくりと顔を動かし、肩に乗った鳥に顔を向けた。

鳥が留まったのはリューディア側の肩だったので、そこで彼と目が合った。

「…………」

アンブロシウスは、笑みを消した顔でリューディアを見ていた。周囲を見回すと、全員が同じようにこちらを見ている。

非難されている——？

そう思ったのはみんなの顔が強張っていたからかもしれない。鳥を捕まえようと真剣な表情だからそう見えたのかもしれないけれど、彼らを不快にさせたのは事実だ。

この鳥は先程パンをあげると言った鳥だろう。悪いのは安易にそんなことを言ったリューディアなのだ。

――ああ、やはり駄目だった。また周りに迷惑をかけてしまった。

この鳥がここに紛れ込んだのは、きっとリューディアを追ってきたからだ。そのせいで料理を台無しにし、宴をめちゃくちゃにしてしまった。

リューディアはきゅっと唇を噛み締めると、アンブロシウスの肩に乗った鳥を怖がらせないようにそうっと捕まえた。

「大丈夫よ。すぐに外に逃がしてあげるわね」

手の中でおとなしくしている鳥に話しかけてから、リューディアは席を立った。

「申し訳ございませんが、このまま失礼いたします」

その場にいる全員に向けて礼をしてから、食堂を退室する。そして近くにあった窓から鳥を逃がし、足早に部屋に戻った。

先程のようなことはめったに起こるものではないというのは、彼らの反応からも分かった。それが、リューディアが来た途端にそんなことが起こるなんて偶然があるだろうか。

やはり、せっかくの宴が台無しになったのも、女性たちのドレスが汚れてしまったのも、リューディアの呪いのせいだ。

リューディアがいるだけで、誰かが不運に見舞われ、周囲の人間が怯《おび》えてパーティーは大惨事《だいさんじ》になる。

必ず何かが起きるから、みんなリューディアを恐れるのだ。だから誰もリューディアに近づかない。

きっとアンブロシウスたちももうリューディアと顔を合わせたくないだろう。優しくしてくれたのに台無しにしてしまって申し訳ない。

そして何よりも、好意的だった表情を一瞬にして曇らせてしまったのが心苦しかった。あんなに楽しい雰囲気の食事はもう二度とできないのかと思うと悲しくて仕方がない。

「リューディア様……」

ラウラとイグナートが慰めようとしてくれるが、リューディアは無理やり笑みを作ってそれを制した。

「大丈夫よ」

そう。大丈夫だ。いつものことなのだから。

ただ少し期待をしてしまっただけ。勝手にうまくいくと思ってしまっただけ。だからその分落胆が大きかった。それ以外はいつものこと。

そう思い込もうとしても、宴の楽しい雰囲気を思い出すと胸が苦しくなって大丈夫と言い続けられなくなった。

みんなはもう笑顔を向けてくれなくなるだろうか。ルーヴァル国の人たちのように、怯えた顔でリューディアを見るのだろうか。
アンブロシウスからも、そんな顔で見られるのか……。
呪いの王女であるリューディアに優しくしてくれた人。大丈夫だと言ってくれた人。
彼のことを想うと、ぎゅっと胸が締め付けられた。

三章

翌朝。

昨夜、宴の場を辞する時に少し様子のおかしかったリューディアのことが気にかかり、アンブロシウスは朝一番に彼女に会いに行った。

「君の顔が見たくてなって来てしまったよ。……大丈夫？　まだ気分が悪いのかい？」

顔を見た瞬間にそんな言葉が出てくるくらい、リューディアは血の気のない顔をしていた。

「悪くありません。お気遣いありがとうございます」

無理をしているように見えるが、リューディアは大丈夫だと言って笑った。そんな彼女の目の前のテーブルには、果物やお菓子が大量に置かれている。

それは、母や兄や義姉たちが贈ってきたものらしい。自分よりも行動が早いことがくやしかった。

そして、なぜ自分は手ぶらなのかと己の残念さに呆れる。

「贈り物は嬉しいのですが、こんなにたくさん申し訳ないです。私は皆さんに何もお返しできないのに……」

今にも泣き出しそうな顔でリューディアが俯いたので、アンブロシウスは慌てて言った。

「みんな君の喜ぶ顔が見たいだけだよ。だから、お返しなんて考えなくていいんだ」

「ですが、昨夜の宴でも鳥が紛れ込んでご迷惑をおかけしてしまったのに……」

「迷惑？　君は何も悪くないじゃないか。昨日は宴が中断してしまって残念だったけれど、楽しかったね」

「はい、楽しかったです」

本音だった。初めて婚約者をエスコートして、初めて自分の隣に決まった女性が座ったのが嬉しかった。あの時の得意顔は、兄たちの格好の餌食《えじき》になったけれど。

リューディアが頷いてくれたので、アンブロシウスはひとまず安堵する。

自分だけが楽しんでいたとしたら、なんだか寂しい。

初対面で近づかないでと言われたことはショックだったが、彼女の気遣いだと分かり安堵した。自分が呪いの王女であるせいでアンブロシウスに何かあるといけないと思っている、そんな彼女の優しさは尊いものだと思った。

昨夜は、アンブロシウスの理想がリューディアのような〝奥ゆかしい女性〟だということを知っている兄や義姉たちがニヤニヤしていたが、そんなことは気にならないほどに浮かれていた。

階段でアンブロシウスの恥ずかしい場面を見たのに、リューディアはそれを馬鹿にすることなくエスコートをさせてくれたのだ。

今までも女性をエスコートすることはあったものの、逆にリードされているのではないかと疑うものばかりで、あんなふうに頼ってもらえたのは初めてだった。

頼られるのは嬉しい。一人前の男だと認められた気がする。

それに、リューディアに頼られたというのが特別嬉しいのだ。

彼女への気持ちが恋かどうかは分からないが、騒がしい女性が多いこの国ではめずらしい〝奥ゆかしい〟彼女が結婚相手なのは素晴らしい偶然だった。

宴の席ではどこからか鳥が紛れ込むというアクシデントはあったが、何事も大袈裟な義姉たちのせいで大騒ぎになっただけで、本来ならあんなに騒ぐことではない。

料理が駄目になったのもドレスが汚れたのも、彼女たちがあれしきのことでパニックを起こしたからだ。自業自得である。

けれど、ああいう反応がこの国の『普通』なのだ。だからアンブロシウスはこれまで、女性というものは無駄にうるさい生き物なのだと思っていた。

けれどリューディアは違った。義姉たちのように騒ぐでもなく怯えるでもなくとても冷静だった。それがアンブロシウスには誇らしくもあり、ますます彼女を好ましく思った。

それなのに……とアンブロシウスはテーブルの上を見た。

リューディアに贈り物をするという発想がなかった自分が情けない。けれど、もしそんな発想があったとしても、何を贈ればいいかなんて分からないのだが。

アンブロシウスが個人的に贈り物をする女性なんて母親くらいだ。それに比べれば、やはり兄たちのほうが女性の扱いに長けていると言わざるを得なかった。

「アンブロシウス様、そちら、召し上がりますか？」

果物やお菓子を恨めしげに見ていると、リューディアから声をかけられる。別に食べたいわけではなかったが、彼女とゆっくり話をするいい機会だと思い、そのまま食べられる果物を指さしながら「これをいただこうかな」と頷いた。

すると、何かに気がついたリューディアが眉を寄せた。

「……アンブロシウス様、それはどうされたのですか？」

彼女はアンブロシウスの手首を見ている。そこには、青紫色の痣《あざ》と小さな傷ができていた。

「たいしたことはないよ」

「手当てをさせてください」

強引に引っ張られるのではなく、そっと手を取られる。こんな経験は初めてで、アンブロシウスは感動にも似た気持ちでおとなしく従い、隣り合わせでソファーに座った。

リューディアの手は柔らかく、ひんやりとしていて心地良い。女性の手が男より小さいことは知っていたが、こんなに違うものかと驚いた。

侍女が用意した薬を塗って布を巻いてくれる手つきも優しい。

「ありがとう」

お礼を言うと、布の上からふわりと傷を撫でられた。その顔がどこか苦しそうに見えて、アンブロシウスは僅かに眉を寄せる。

「どうしたんだい？」

何か言いたそうにしていたリューディアだが、すぐに手を離してテーブルに視線を移した。

「いいえ。なんでもありません。そういえば、王妃様がベリーのケーキをくださったのです。早めに食べるように言われたので、果物と一緒にいただきましょう。ラウラ、準備をお願い」

「はい、リューディア様」

リューディアが隅に控えていた侍女を振り返ると、侍女は手早くお茶を淹れてケーキとセットでアンブロシウスたちの前に置いた。

その手際の良さには感服する。この城の侍女たちも仕事はきっちりしているが、どこかのんびりとしているのだ。

「リューディア様はベリーがお好きですから、大きめに切り分けておきました」

ラウラと呼ばれた侍女はリューディアに向かってこっそりと耳打ちしたが、並んで座っているアンブロシウスにもばっちり聞こえた。

——そうか。リューディアはベリーが好きなのか。

アンブロシウスは脳内にその情報を刻み込み、控えめに微笑むリューディアを見やる。彼女の顔には、先程の憂いはもうない。それほどベリーが好きなのだろうか。そんなに好きなら大量に仕入れるように料理長に言っておこうと思った。

「リューディアはベリーの他には何が好きなんだい？　食べ物以外も欲しいものがあったらすぐに用意するから何でも言ってほしい。侍女ももっとつけようか？」

侍女が一人だけでは何かと不便だろうという親切心だったが、リューディアは慌てたように手を振った。

「いいえ。こんなにたくさん贈り物をいただくだけでも恐縮しておりますのに、これ以上は何もいりません。侍女もラウラだけで不便はありませんから大丈夫です。イグナートもいてくれますし、私には十分過ぎます」

記念日だの、何かのお祝いだとの理由をつけてドレスをねだる兄嫁たちとは違い、遠慮がちなリューディアの健気さに胸が熱くなりつつも、残念な気持ちも湧き起こる。

――しかし、リューディアが故国から連れてきた唯一の侍女ラウラと、護衛騎士のイグナートか……。

背後に控える侍女と扉の前に佇む護衛騎士をちらりと見て、アンブロシウスの中にもやもやとした感情が芽生える。

「リューディア、君が連れてきた彼らは、どういう経緯で君のもとで働くことになったのかな？」

初めて感じたその気持ちを持て余し、つい訊いてしまった。

リューディアはきょとんとしたが、素直に答えてくれる。

「ラウラは私から侍女になってほしいと言ってなってもらい、イグナートは志願して護衛騎士になってくれたのです」

簡潔に答えたリューディアは、それ以上の説明をしてくれそうにない。

アンブロシウスは「そうか」と頷いてから、甲斐甲斐《かいがい》しくリューディアの世話をしている侍女ににっこりと作り笑いを浮かべた。

「ラウラ、だったかな。君がどういう経緯でリューディアの侍女になったのか、詳しく聞かせてくれるかい？」

どういうふうにリューディアの信頼を得たのか、それが知りたかった。

ラウラはリューディアと目を合わせてから、嬉々として話し出した。

「経緯……そうですね。幼い頃に両親を亡くした私は、親戚によって売りに出されて、城で下働きをしていた夫婦に買い取られました。その夫婦のもとで数年間奴隷同然に扱われていたのですが、忘れもしない雪の降るあの寒い日、厨房の外で泣いていた私の前に天使が現れたのです。天使は『あなたが私の侍女になってくれたら嬉しいわ』と手を差し伸べてくださいました。お察しのとおり、その天使がリューディア様です。リューディア様は、私の事情を親身に聞いてくださっただけでなく、使用人の労働環境をきちんと調査してくださいました。そして私を買い取った夫婦が人身売買の斡旋《あっせん》をしていたことを突き止めて罰してくださったのです。それから私はリューディア様に仕えて幸せな日々を送り、今こうしてここにいるのです」

想像以上に感動的な美談だった。

それをくやしく思いながら、アンブロシウスは護衛騎士に視線を移す。

「護衛の君は？」

イグナートはアンブロシウスと目が合うと、僅かに眉を寄せた。

「リューディア様をお護りしたいから傍にいる。それだけです」

ぶっきらぼうにそう言ってイグナートは口を閉ざす。なんとも好戦的な態度だ。

するとすかさずラウラがイグナートを擁護するように口を挟んだ。

「イグナートは故郷に体の弱い妹がいるのです。妹の薬代を稼ぐために平民から騎士になったくらいの努力家なんですよ。たまたま彼の家の事情を知ったリューディア様が、よく効く薬を毎月届けるように手配してくださったのです。お医者様にも診てもらえるようにと配慮までしてくださって。本当にお優しいのです、リューディア様は。ご自分のことより周りの人間に心を砕いていらっしゃる。そんなリューディア様だからこそ、一生ついていくと決めているのです」

ラウラは、どうだとばかりに得意顔でアンブロシウスを見て続けた。

「リューディア様がお傍に置いてくださるのは私とイグナートだけなのです。ね、リューディア様」

お前に入り込む余地はないと言われているようでむっとするが、自分はリューディアの夫となる特別な存在なのだから、こんなことでいちいち腹を立てることはないだろう。

それだけの心の余裕を持っていないと、今にも『くやしい！』と叫んでしまいそうだ。

同意を求められたリューディアは、少し困ったように眉を寄せつつ、小さく頷いた。その顔が今にも泣き出しそうに見えて、アンブロシウスは首を傾げる。

「リュー……」

リューディア、と名前を呼ぶことはできなかった。

突然、何の前触れもなくすーっと目の前に黒い物体が現れたからだ。それは、アンブロシウスの背後にあるソファーの背もたれに止まった。

「うわっ！」

それを目にした瞬間、アンブロシウスは飛び跳ねるように退いた。ソファーの上でリューディアと距離を取るようなかたちになり、きょとんとした彼女の顔が先程より遠くにある。

「鳥、ですね」

リューディアの落ち着いた声で、アンブロシウスははっと我に返った。

何ということだ。リューディアにまた格好悪いところを見せてしまった。

「いや、別に怖いというわけではないんだ。いきなり目の前に現れたから驚いて……」

強がってそう言ったが、怖がっているのは一目瞭然だろう。もし自分のほうに飛んで来たらと思うと恐ろしくて鳥から目を離せないでいる。

側近のバートがいればすぐにでも処理してもらうのだが、残念ながらここにはいないのでただ見ていることしかできなかった。

ラウラとイグナートが呆れ顔になっているのが視界の端に映る。

なんとも情けない。これではただの腰抜けだ。

「確かに、突然目の前に現れたら驚きますよね」

リューディアは慣れた手つきで包み込むように鳥を捕まえると、窓に向かってそっと放した。

なんて冷静な女性なんだ。しかも鳥が相手でも優しい。昨夜の鳥の扱い方といい、今の捕まえ方といい、彼女は生き物に慈悲《じひ》の心を持っている。

素晴らしいとしか言いようがない。

「そうなんだ。鳥の不規則な動きが少し苦手で……」

アンブロシウスの言い訳にも、リューディアは「はい」と素直に頷いてくれる。

「笑わないのかい？」

もとのようにソファーに座り直しながら問うと、リューディアも隣に腰を下ろしながら首を傾げた。

「どうして笑うのですか？」

「みんな笑うんだ。男のくせにあんなに小さな生き物が苦手だなんて情けないって」

今まで、この事実を知った人間はみんな笑った。特に女性にはガッカリされることが多く、アンブロシウスは苦手を克服するためにいろいろと頑張ったのだ。だが結局克服はできなかったけれど。

だから余計に、女性というものが苦手になってしまった。女性は男に強さを求め、それがなければ失望する生き物だと思い込んでいたからだ。

「誰にでも苦手なものはあります」

アンブロシウスが強い男ではなくても、リューディアは笑わなかった。それどころか、「やっぱり……」と続ける。

「幸運の王子と呼ばれていると、すべてのことに完璧を求められてしまうのでしょうか。苦手なものくらいあって当然だと思うのですけれど……。私も、呪いの王女と言われるようになってからは、人の視線が苦手です」

苦手なものがあってもいいと肯定してくれただけでなく、自分の苦手なものまで教えてくれた。

そんなことを言ってくれた女性は初めてだった。

「だから君は、すぐに俯いてしまっていたんだね」

「はい。失礼だと分かっているのですが……。申し訳ございません」

謝るリューディアに、「苦手なら仕方がないよ」と首を振る。

「僕が鳥を苦手になったのは、昔、剣術の練習をしている時にたまたま鳥が目の前を通って、羽を斬り落としてしまったことがあるからなんだ。幸い命は助かったけれど、飛べない鳥を野生には返せず、部下のバートに世話をしてもらった。幸運の王子なのに、その鳥の自由を奪ってしまったんだ。だから鳥だけは僕の幸運が及ばないのかもしれないと思って、それ以来トラウマになってしまって……。近づかれるのが怖いんだ」

「まあ……」

「だから昨夜の宴では鳥に驚いて動けなかった。捕まえて逃がしてくれてありがとう。本当に助かった」

リューディアなら分かってくれるような気がして、するりと口から滑り出た。鳥が苦手になった理由と昨夜のことを一気に告白してしまったが、ちゃんとお礼を言えたことにほっとする。

ここに来た時からずっと言いたかったのだが、自分の欠点を告白する勇気が出なかったのだ。それこそ情けない話である。

「お役に立てて光栄です」

にこにことリューディアは笑う。

青白かった顔が桃色に染まっていることに安堵し、アンブロシウスも笑った。

そしてついでとばかりに、手首を持ち上げて見せる。

「実は手首のこの傷も、今朝、なぜかさっきのように突然部屋に鳥が入ってきて、驚いて棚にぶつけてできたものなんだ」

もうすべて話してしまったのだからと、さらに情けない話を暴露しても、やはりリューディアは馬鹿にしたりしなかった。

彼女はにっこりと優しい笑みを浮かべる。

「アンブロシウス様は鳥にも愛されているようですからね。鳥たちはきっとアンブロシウス様と仲良くなりたいから近づいて来るのだと思いますよ。羽を斬ってしまった鳥は可哀想でしたけれど、斬られたのが羽だけで済んだのはアンブロシウス様だったからこそだと思います」

「……そうか。そう思ってもいいのかな」

リューディアの言葉で、鳥への苦手意識が少し薄れたような気がした。

幸運の王子だからこそ、あの鳥は助かったのだ。今までうじうじと考えてしまっていたが、その考え方のほうが自分らしいと思った。

もしかしたらあの鳥は、天敵に追われていた最中だったかもしれない。羽を斬られずにあのまま飛び続けていたら、その天敵に襲われていたかもしれない。アンブロシウスはあの鳥の命を救ったのかもしれない。

すべてが推測だが、幸運の王子としてはそのほうがしっくりくる。

「僕は幸運の王子でいなければならないからね。鳥も幸せにしてこそ幸運の王子だ」

アンブロシウスが幸運の王子でなければ、みんながガッカリしてしまう。誰にもそんな思いはさせたくなかった。

「はい。アンブロシウス様は立派な幸運の王子です。もし斬ったのが私だったら、鳥の命を奪っていたかもしれませんから、アンブロシウス様で良かったのです」

リューディアは少し悲しそうに笑ってそんなことを言う。

「いや、君が生き物の命を奪うなんて想像もできないよ」

鳥に接する態度を見れば分かるが、彼女は生き物を大切に思っている。それなのに、たとえ事故でも殺してしまうなんてありえない。

「いいえ。私の周りでは起こることなのです。城で飼育していた鶏《にわとり》も全滅しました。だから、動物は飼わないようにしているのです」

「偶然じゃないかな。きつねに襲われたとかそういう……ほら、きつねだって生きるためには食べないといけないし」

「そうだったのでしょうか……」

「どんな理由があったとしても君のせいではないよ。気にしないほうがいい」

「……はい」

リューディアは納得していない顔で頷いた。

呪いの王女と呼ばれていたリューディアは、どんなことも自分のせいにしているのかもしれない。

きっと、直接彼女が関係していなくても、周りの人間が悪いことはすべて彼女のせいにしたのだろう。だから余計に彼女は『自分のせいだ』と思ってしまう。

現に、リューディアがこの国に来たからといって、悪いことなんて起きていないのだ。彼女は昨夜の鳥のことを気にしていたが、あんなものはただのハプニングだ。彼女は何も悪くない。

「アンブロシウス様はお優しいのですね」

褒められた。けれど、基本的に自分のことしか考えていないアンブロシウスは優しいとは言えない気がする。

「そうかい？　君のほうが優しいと思うけど」

傷の手当てをしてくれたり、どんな人も馬鹿にしないリューディアのほうが断然優しいだろう。

「いいえ。アンブロシウス様のほうがお優しいです。人を気遣うことができるだけでなく、小さな命のことまで気にかけていらっしゃる」

人を気遣っているかどうかは別として、確かに生き物に怪我をさせたり殺してしまったりするのは可哀想だとは思っている。

「アンブロシウス様、今度鳥に遭遇したら私を頼ってください。私が捕まえて逃がしますから」

にっこりとリューディアは微笑み、「任せてください」と頼もしく頷いてくれた。

ああ、本当に……なんて素敵な女性なのだろう。

体の奥底から『好きだ！』という気持ちが溢れ出し、アンブロシウスは思わずリューディアを抱き寄せ、腕の中に閉じ込めた。

途端にどこからか殺気が飛んできたが、邪魔をする気はないようなので放っておくことにする。

アンブロシウスがリューディアの腰を摑んで引き寄せると、想像以上に華奢な肩がびくりと震えた。それすらも愛しくて腕の力を強める。

甘い香りが鼻腔をくすぐった。ここまで近づかないと気がつかないくらいの控えめな匂いだ。

「アンブロシウス様……？」

戸惑ったような声がアンブロシウスの胸の辺りから聞こえる。

「嫌だったらすぐにやめるよ」

やめたくはないけれど。

アンブロシウスの本心を知ってか知らでか、リューディアはしばらく沈黙した後、恐る恐るといった感じで答えた。

「嫌ではないです……。けれど、困っています」

嫌ではないのなら、このままでもいいということだろう。

困っている、という言葉は聞き流し、アンブロシウスはツヤツヤの黒い髪の毛に頰を埋めた。

甘い花のような匂いがさらに強くなる。このままずっとこの匂いを嗅《か》いでいたいが、先程から感じていたラウラとイグナートのチクチクと尖った視線がどんどんきついものになっているので、そろそろ放したほうがいいのかもしれない。

でも、放したくないと思った。誰かに対してこんなふうに思うのは初めてで、自分でも戸惑ってしまう。

改めて、アンブロシウスはリューディアのことが好きだと思った。

人は自分にないものを持っている相手に惹かれるのだ、といつか父が言っていたのを思い出す。その意味がやっと分かった。

特別な絆《きずな》があるらしいラウラとイグナートに対抗心を燃やしてしまうほど、アンブロシウスはリューディアに自分を好きになってもらいたいと思っていた。できることなら独り占めしたい。

「結婚相手が君で良かった」

思ったままを声に出すと、本当にそう思っているのだと実感した。腕の中でリューディアが身じろぎするのを感じ、気障だったかなと少し恥ずかしくなる。

アンブロシウスは腕の力を緩め、リューディアの顔を覗き込んだ。彼女がどう思っているのか気になったのだ。

リューディアはおずおずと顔を上げた。頬を紅色に染めた彼女を見た途端、アンブロシウスの体が勝手に動く。

首を傾げるようにしながら、鼻がぶつからないようにリューディアの顔に近づいた。僅かに唇を開き、彼女の柔らかなそれに触れる。

「……っ！」

近過ぎる距離でリューディアの黒曜石《こくようせき》のような瞳が大きく見開かれるのが見えて、触れた唇にきゅっと力が入った。引き結ばれた彼女の唇を軽く食むと、小さな体が完全に硬直してしまった。

驚いている。リューディアも。無意識にキスをした自分も。

リューディアの硬直につられるように、アンブロシウスも一瞬体が動かなくなった。

同意を得ることなくキスをしてしまったことが信じられなくて、どうしていいのか分からなかった。

けれど、アンブロシウス以上にリューディアの動揺が激しく、ふと正気に戻り唇を離すことができた。

お互いに驚いた顔をして見つめ合い、抱擁していた腕をぎこちなく解く。

「急に……すまない」

そんな言葉しか出てこないのが情けない。

「い、いえ……大丈夫です」

答えるリューディアの頬はもう紅くなかった。驚き過ぎたのか白に近い。

どうしよう。突然唇を奪って驚かせてしまった。

自己嫌悪に陥りながら、アンブロシウスは再び謝ろうとリューディアを見る。彼女はアンブロシウスと目が合うとさっと顔を伏せた。

その頬は白から紅色に戻っている。

「アンブロシウス様、時間ですよ」

思わず手を伸ばしそうになった時、バートの声がした。いつの間にそこにいたのか、扉を背にして呆れた顔でこちらを見ている。

どこからどこまでを見ていたのだろうか。彼の目は何か言いたげだ。

「……今行く」

アンブロシウスは、目だけでこちらを見たリューディアに微笑みかけると、「じゃあ、また来るよ」と言い置いて、後ろ髪を引かれる思いで部屋を後にしたのだった。

リューディアも自分を好きになればいいのに。

仕事中、何度そう思ったことか。

どうすればリューディアはアンブロシウスを好きになってくれるのだろう。気にしてくれているのは分かる。けれど、それと好きは違うのだ。

今朝のリューディアの様子を思い出し、本当に悪いことをしたと反省する。婚約者ではあるが、本人の了承もなしに衝動的にしていいものではないだろう。

それに、できればキスをした時に嬉しそうに頰を染めてほしいのだ。だから、今度はキスをしていいか訊こう。それがいい。そうすればこんな気持ちにならないはずだ。

断られることなんてまったく考えていないアンブロシウスは、次はもっとロマンティックに……と想像を膨らませる。

リューディアがアンブロシウスを好きになってくれれば、彼女からしてもらえるようにもなるのだろうか。

国同士が決めた政略結婚なのは分かっている。

それでも、アンブロシウスはリューディアを好きになった。これでリューディアも自分を好きになってくれれば、立派な恋愛結婚だ。

「リューディアが今すぐ僕を好きになってくれればなあ……」

心の声が漏れてしまった。すぐさま、隣にいたバートが興味深そうに反応する。

「女性にたいして興味がなかったあなたがそんなことを言うなんて。会ったばかりなのに、そういうこともあるのですね」

「恋に落ちるのに時間なんて関係ないさ」

ふっ……と得意顔で笑うと、バートには無表情を返された。

相変わらず、バートはアンブロシウスに厳しい。だが、そんなことは気にならないくらいに、今はリューディアのことばかり考えてしまう。

「気をつけてくださいね」

にやにやと笑っているアンブロシウスに、バートがなぜか眉を寄せて釘をさす。

「何に気をつけるんだ？」

アンブロシウスはきょとんと首を傾げる。彼の言いたいことがさっぱり分からない。

「いいですか。あなたは普段与えられるばかりで、自分から本気で何かを欲しがったことがありません」

「そうかな？」

「そうです。そういう人間が簡単には手に入らないものを欲しがった時、思うようにいかない焦燥感《しょうそうかん》で何をしでかすか分かりません。私が言っている意味、分かりますか？」

やけに真剣な顔で言われ、アンブロシウスは首を傾げたまま頷いた。

「つまり、僕が何かしでかしそうで心配だと言いたいんだろう？　でも、そんな心配はいらなくないか？　だってリューディアはいずれ必ず手に入るし」

「あなたは、最終的にリューディア様がご自分のことを好きになるものだと疑っていませんよね？　そういうところですよ。手に入るという絶対的な自信があるから怖いのです。そうならない場合のことも少しは考えておかないと……」

心底呆れたと言わんばかりに、バートは深いため息を吐いた。それに対し、アンブロシウスは小さく肩を竦める。

「はいはい」

いまいち分かっていないアンブロシウスをバートはぎろりと睨《にら》んでくる。

「まあ、先程の様子を見る限り大丈夫だとは思いますけど、リューディア様の嫌がることはしないでくださいね。いつでも理性を忘れずに。あなたは紳士でなければなりません」

突然キスをしてしまったことを咎《とが》められているのだろうか。それは反省しているから許してほしい。

アンブロシウスはみんなから愛される存在だ。それが当然だと思っていたので、自分のことを好きかどうかも分からない女性を愛することになるなんて想定外だった。

早くもっと好きになってほしい。愛してほしい。こんなことを人に求めるなんて初めてで頭を抱えていたのも事実。自分から女性を求めたことがないのだから、悩むのも仕方がないと思う。

だからといって、焦燥感に駆られて理性をなくすなんてことはありえない。

アンブロシウスは、怒りっぽい兄たちと比べれば穏やかだと言われている。理性をなくして何か大変なことをやらかすなんて考えられない。

そんな心配よりも、リューディアが自分を好きになってくれる方法を探さなくては。なるべく早く同じくらい好きになってもらいたいのだ。そしてイチャイチャしたい。

けれどそれだけは、いくら考えても良い案が浮かばなかった。なぜならアンブロシウスには恋愛の経験がまったくなかったからだ。

――どうしたものか……。まさか自分がこんな悩みを抱くなんて思っていなかったから、こっち方面の勉強はまったくしていないし……。

これは誰かに相談する必要があると思い、アンブロシウスは休憩時間になると、自分の上司であり、第三王子のペールの執務室へ向かった。

部屋に入ると、ペールは机を睨《にら》むようにして書類に判を押していた。座っているより体を動かすほうが好きな三男は、イライラと小刻みに足を揺らしている。じっとしているのがよほど嫌なのだろう。

騎士団長であるペールは何かと忙しいが、こうして執務室で書類仕事をしている時はゆっくりと話すことができるのだ。

「ペール兄さん、女性を振り向かせるにはどうしたらいいんだろう？」

挨拶もそこそこに突然話を切り出したアンブロシウスに、ペールは「は？」と眉を寄せて顔を上げた。

「リューディア殿の話か？」

「他に誰がいるのさ」

愚問だとばかりに言い放つアンブロシウスに、ペールはすぐに笑顔になった。

「俺を相談相手に選ぶとは、お前は賢いやつだな」

アンブロシウスは勝手にソファーに座りながら小さく頷いた。ペールも仕事の手を止めて近づいて来る。

「正直、恋愛に関しては兄さんたち三人とも似たようなものだと思っているんだ。みんな義姉さんたちに押されまくって結婚したからまったく参考にならない。でもまあ、同じくらいのレベルなら一番うるさくないペール兄さんが適任だと思って」

兄嫁たちは一を言えば十返ってくるし、父は自分で考えろと言いそうだし、一番上の兄は幼なじみに押し切られるように結婚したので恋愛をしたことがあるのか疑問だし、二番目の兄は遊び人だったが、兄以上に奔放だった義姉に振り回された末に結婚したのでこれも参考にならなかった。

本当は、兄弟の中で一番普通の恋愛をしている四男のアーダムに相談したいのだが、残念ながら彼は今、城にいない。

「……そうか。お前のそういう正直なところ、俺は嫌いじゃないぞ。傷つくけどな」

ペールはアンブロシウスの頭をわしわしとかき回すと、ひきつった笑みを浮かべてソファーに座った。

「うん。僕もペール兄さんのそういうところがいいんだ。上の二人は説教ばかりしてくるから」

　末っ子ならではの悩みではあるが、十九歳なのにいまだに子どもの時と同じように叱られるのは納得がいかない。結局最後は、『アンブロシウスだから仕方がないか』で終わるのだが、内容はすべて小さな子どもに言い聞かせるような説教なのだ。

「まあ、口うるさい二人の気持ちも分かるけどな」

「どうしてさ」

　仕事はきちんとしているし、剣の腕も兄弟の中で一番いい。慈善活動も精力的に行っているし、王族として、大人としてやるべきことはやっているというのに。

「アンブロシウス、お前は幸運の王子と今は言われているが、もともとは幸運のベイビーって呼ばれていたんだ。家族からも、使用人からも、国民からもな。だからみんなにとってお前はどれだけ大きくなってもベイビーのままなんだよ」

「ベイビー……」

　幸運のベイビーと呼ばれていたのはもちろん知っているし、ペールの言い分も分かる。けれど、青年と呼ばれる年になったのに、赤ちゃんのままだと思われているのはやはり納得できなかった。

　みんなには考えを改めてもらいたい。

「僕はもう大人だってどうやったら分かってもらえるんだろう……」

「お前の素直さは美徳だ。裏表がない人間は、腹の探り合いばかりしている俺たちさえも素直にさせるからな。けれど、その分、気を遣っている人間もいることに気づくといい。……で、リューディア殿のことだったたな」

気を遣っている人間……と首を傾げるアンブロシウスに、ペールは苦笑しながら話を戻した。

「振り向いてもらおうとして、お前は押してばかりなんじゃないか？」

言い当てられ、アンブロシウスは素直に頷いた。リューディアの話になれば、疑問などどこかに吹き飛んでしまう。

「どうして分かるんだ？　つい今朝の話なんだけど、好きだと思ったら体が勝手に動いて、抱きしめてキスをしてしまったんだ」

包み隠さず話すと、ペールは目を丸くした。

「それは……情熱的だな。女好きのロビン兄さんならともかく、お前がそんなに手が早いとは意外だった。会ってまだ三日くらいだろ？　今まで浮いた話もなかったし、お前は自分自身のことしか好きじゃないと思っていた」

そんなふうに思われていたのか。確かに浮いた話はなかったが、女性より自分が好きだというわけではない。人並みには女性の体に興味があるし、性欲だってあるのだ。

「いや……。そうか。そういうことなら真面目にアドバイスをしよう」

アンブロシウスが反論する前に、ペールは真剣な表情で言った。ここまではたいして親身ではなかったということか。

ペールはいつになく重々しい雰囲気でトントンと机を叩いた。

「ああいうおとなしそうな女性は、押してばかりだと逆に引いてしまうんだ。だからここはお前が引くほうに回れ」

「引く？」

考えたこともなかった。

リューディアに会いたいから会いに行く。それでいいと思っていた。

「いいか、この国の女たちと同じことをするんだ。彼女たちは押して押して押しまくってくるだろう？　でも急に会いに来なくなったりする。それが彼女たちのテクニックなんだ。いつも会いに来ていた人間が急に来なくなったらどう思う？」

軍議をしている時と同じ顔で、ペールはアンブロシウスを見る。アンブロシウスも眉間にしわを寄せて腕を組んだ。

「静かになっていいな……」

「お前に訊いた俺が馬鹿だった。普通はそこで寂しく感じるんだ。いつも顔を見ていたのに、その顔が見られないことに違和感を覚えて何かが足りないと思うようになる」

「……なるほど」

「それが恋愛の駆け引きだ。こっちも負けていられないから、たまに押してみるんだ。するとめずらしく照れた顔を見ることができる」

「へえ、ペール兄さんはスヴィ義姉さんの照れた顔が好きなんだね」

難しい顔を崩さずに茶化すアンブロシウスに、ペールの注意が入る。

「俺のことはどうでもいい。とにかくお前はいったん引け。相手を焦らすんだ」

騎士団でのペールの判断はいつも正しい。彼は団長になるべくしてなった実力者だ。

恋愛面でもそうだとは限らないのだが、ここはひとつ彼の案を試してみるのも手だと思った。

「分かった。団長の作戦通りに恋愛の駆け引きってやつをしてみるよ」

リューディアが振り向いてくれるのなら何でもしよう。突然決まった結婚なので、式まではまだ間がある。それまでには両想いになりたい。

「お前がそんなことをする日が来るなんてな。いつの間にか大人の男になっていたんだな、アンブロシウス」

ペールは感慨深げに何度も頷いている。本物の父親より父親らしい反応だ。

「僕は兄さんたちが思っている以上に大人だけどね。女の人と付き合わなかったのは、バートから『権力争いになるから無駄に精子をばらまかないでください』って言われ続けていたから無駄打ちしなかっただけだよ」

バートとはもう十年以上一緒にいるので、もう一人の兄のようなものだ。口うるさいのも兄たちと一緒である。

「無駄打ち……。さすがバートだな……。いや、でも良かったよ。彼女のような人がお前の結婚相手で。彼女が呪いの王女と呼ばれていると聞いた時には驚いたし、少し心配もしたけど、きっと幸運の王子がどうにかしてしまうんだろうな」

からかうでもなく、本当に嬉しそうに笑ってくれるペールに、アンブロシウスはしっかりと頷いた。

「うん。リューディアのことは僕が幸せにするよ」

この国の女性の笑顔が太陽なら、リューディアの笑顔は月の光のようだ。太陽と違ってずっと見ていたいと思う控えめで柔らかな輝き。

アンブロシウスはあの笑顔を隣でずっと見ていたい。

彼女が幸せそうに笑ってくれるのなら何でもする。

彼女が抱える憂いさえも、自分の幸運でどうにかしよう。

「せいぜい逃げられないように頑張れよ」

ペールなりの激励なのだろう。アンブロシウスはリューディアに手当てをしてもらった手首の布を見下ろして不敵に笑った。

「逃がさないさ」

絶対に。

呪いの王女が生きられる場所は幸運の王子の隣しかないのだから。

四章

部屋で朝食をとり終えると、ラウラが最近恒例となった台詞を口にした。

「アンブロシウス様、今日もいらっしゃいませんね」

「そうね。きっとお忙しいのよ」

残念そうなラウラにリューディアはなるべく明るく答えたが、内心では少し寂しく感じていた。

「三日も音沙汰《おとさた》なしだなんて……。お忙しいのかもしれませんが、ちらっとでもお顔を見せてくだされぱいいのに」

ラウラが不満を漏らすのはめずらしい。まるで何日も会いに来ない恋人を待っているような口ぶりだ。

故郷に婚約者を残してまでついて来てくれたラウラが心変わりするとは思えないが、彼女の落胆ぶりは気になった。

「どうして？」

問うと、ラウラはリューディアの顔をじっと見つめてきた。リューディアはついくせで目を逸らしそうになったが、頑張って見つめ返す。

「アンブロシウス様がいらっしゃると、リューディア様のお顔の色が良くなるんですよ。お元気なリューディア様を見ると私たちも嬉しいですから」

予想外の言葉にリューディアが驚いていると、ラウラはにこにこと微笑んで続ける。

「それにほら、リューディア様が私たちから目を逸らさずにいてくださるようになったのは、アンブロシウス様のおかげだと感謝しているのです」

そうなのだ。ここに来てから、ほんの少しだが呪いのことについて前向きに考えられるようになり、リューディアはなるべく俯かないようにしていた。せめて、いつも一緒にいてくれるラウラとイグナートとは目を見て話したいと思ったのだ。

アンブロシウスが『大丈夫』と言ってくれたからだろうか。その言葉が勇気になっているのかもしれない。

だからといって、まだ他の人たちと接する勇気はないので一人で食事をとっている。国王は優しいので度々食事に誘ってくれるのだが、あの宴の時のように不快にさせてしまう出来事があるのではないかと思うとどうしても躊躇してしまう。

今までの経験上、人が多ければ多いほど大事《おおごと》になりやすいのだ。まずリューディアに声をかけてきた一人が足を滑らせて料理に突っ込んで行ったら、近くにいた使用人が運んでいたワインを盛大にぶちまけ、ワインをかけられた客人が驚いて後ろの人と一緒に倒れて花瓶を倒し、転がった花瓶に躓《つまず》いた人が壁に激突して絵画を落とし、絵画が頭を直撃した人が流血して、血を止めようとした人が散らばった花に足を取られて周りの人を巻き込んでドミノ倒しになり……と大惨事になったことがあり、リューディアはそれ以来パーティーには出席していない。

リューディアのせいではないと家族は言ってくれたが、この数十年の間、そんなことは起きていないと聞いていたので、やはり自分のせいではないかと思ってしまう。

あの時の使用人や客人たちの怯えた眼差しがいまだに忘れられない。

リューディアが怪我をさせたわけではないが、その場にいたほとんどの人が、原因は『呪いの王女』だと思っているのは分かった。

そこまで考えて、リューディアははたと気がついた。

アンブロシウスはリューディアに近づき過ぎた。ということは、自分のせいで彼の身に何かが起こっている可能性もある。

「……何かあったのかしら？」

懸念が思わず口から出てしまった。

その不安もあるが、突然抱きしめられてキスをされた翌日から来なくなったので、リューディアが何か失礼なことをしてしまったのではないかという心配もしている。

リューディアにあんなことをしようとした男性なんて今までいなかったため、思考が停止するほど驚いたが、あれが原因でアンブロシウスに何かあったら申し訳なくて本人にも彼の家族にも顔向けできない。

三日も顔を見ていないということが、今更だが怖くなった。

「……もしかして、大怪我をなさったりとか……？」

言葉にすると、不安が大きくなる。

「そんな噂は聞いておりませんが、……私が確かめてまいりましょう」

リューディアの不安が伝わったのか、ラウラは素早く扉に手をかけ、そのまま飛び出すように部屋を出て行く。

イグナートほどではないが、ラウラも動きが素早い。彼女の経歴は詳しくは知らないが、イグナートの故郷の近くの出身だと言っていた。

確かイグナートの故郷は山奥の村で、子どもの頃から野山を駆け回っていたおかげで身体能力が高くなったと言っていた。ラウラも同じようなところで育ったのかもしれない。

ずっと部屋に閉じこもっていたリューディアにとっては、野山を駆け回って育つという環境が羨ましかった。

「ただいま戻りました」

予想より早くラウラが戻って来た。

「大丈夫でしたよ。アンブロシウス様は若手剣士に稽古をつけておいででした。お怪我もされていないようですし、きっとお忙しいのですよ」

元気だと聞いて安堵するが、同時に自分の呪いの存在を思い知らされる。

「そう……。やっぱり、私と一緒にいなければお怪我もなさらないのね」

ここへ来る度に怪我をしていたアンブロシウスが、来なくなってからは怪我もしなくなった。

リューディアに近づかなければ、平穏に暮らせる。ルーヴァル国の人々が言っていたとおりなのだ。やはり、原因はリューディアなのか。

自国を離れ、幸運の王子に会ってつい期待してしまっていた。

少しだけ前向きになって、少しだけ不幸も減って、少しだけ平和だからって、リューディアが呪いの王女であることには違いないのに。

勘違いをしていた。

アンブロシウスは『結婚相手が君で良かった』と言ってくれたけれど、すでに後悔しているのだろうか。こんな花嫁は嫌になってしまっただろうか。だから会いに来ないのだろうか。

それならそれでいい。

幸いまだ結婚式は挙げていない。国に帰るように言われたら素直に従おう。

どこに行っても、リューディアは周りを不幸にしてしまうのだ。

ルーヴァル国に帰ってもまた厄介者扱いされるだろうが、今度は一歩も外に出ないようにしよう。人と関わらず、誰も不幸にしないように一人で生きて行こう。

家族にも、国民にも、こんな穀潰《ごくつぶ》しで申し訳ないと謝ることしかできない。

「リューディア様が悪いわけではありません」

リューディアが何を考えているのか分かるのか、ラウラは強い口調で言った。いつもこうして慰めてくれるが、今はそれに頷くことができなかった。

そうして鬱々とした気分でいるところに、扉をノックする音が聞こえてきた。

「リューディア様、失礼いたします」

ラウラが対応した後に入って来たのは城の使用人と、何かを腕に抱えた仕立屋と思しき数人の女性だった。

「結婚式用のドレスの試着をしていただけますか？　サイズは聞いていたのでドレスはできているのですが、最終調整をしておきたいと仕立屋が申しております」

年配の使用人がにこやかにリューディアに話しかけてくる間、仕立屋の女性たちは着々と準備を進めている。

とても断れる空気ではなく、リューディアは戸惑いながらも頷いた。

「……ええ」

この結婚はなくなるかもしれないのに、ドレスの調整なんてする意味があるのだろうか。そうはいってもまだ正式にアンブロシウスから断られたわけではないので、リューディアは素直に立ち上がって仕立屋のもとへ歩み寄る。

これは避けられない接触だ。

自分に言い聞かせるが、もしこの人たちに何かあったらどうしよう……と考えずにはいられなかった。

びくびくしながらドレスに袖を通すと、予想以上の着心地の良さに驚く。少しだけウエストを詰める作業をした他は特に直すところもなく、もっとレースを増やそうかと仕立屋の女性たちが相談をし始めた。

真っ白なウェディングドレスは、首もとと袖にたっぷりとレースを使い、裾はフリルが重なってふんわりとしている。グレンベリア国の流行りなのか、腰の部分に花飾りがついていた。

胸元があまり開いていないのは、ルーヴァル国の国民性を配慮してくれたからなのだろうと思うと、感謝の気持ちで胸がいっぱいになる。

宴で女性たちが着ていた胸を強調するようなドレスが、リューディアに似合うとはとても思えなかった。

ああでもないこうでもないと仕立屋の女性たちが議論を交わし、特にトラブルもなく試着が終わる。

「ありがとうございました。リューディア様に着ていただいたら、創作意欲を掻き立てられました」

「工房に戻ってすぐに手直しに取り掛かりますので、当日はリューディア様のお美しさをより引き立てるドレスになっていますよ」

「想像しただけでも心が躍ります」

仕立屋の女性たちが興奮したように口々に言ってから、使用人とともに丁寧に挨拶をして退室しようと扉を開けた。

「あ……」

するとそこで、誰かが声を上げる。見ると、廊下に一人の女性が立っていた。

第一王子夫人にどことなく似ている気の強そうな美人だ。栗色の巻き髪を高い位置に結っているせいか、首から胸元にかけての美しさが際立っている。レースをふんだんに使った流行りのドレスを着ていて、洗練された印象だった。

「メーリ様」

使用人の一人が名前を呼んだが、メーリと呼ばれた女性は軽く一瞥するだけで無言だった。使用人たちは気まずそうに会釈をしてそそくさと去ってしまう。

メーリは仕立屋の持っていたドレスを睨むようにじっと目で追っていた。

「ええと……。何か御用でしょうか？」

扉を押さえていたラウラが、戸惑ったように問う。彼女が扉の前からまったく動こうとしないからだ。

「私が着るはずだったのに……」

ぽつりと彼女が言った。その視線の先には、仕立屋が抱えている白いドレスがある。

「え？」

何を言っているのか分からなかった。

あのドレスを彼女が着るはずだったということだろうか。いや、あれはリューディアのサイズで作ってあるドレスだ。背が高く豊満な体つきの彼女には丈も胸囲も合わないだろう。

ということは、『ウェディングドレス』を指しているのかもしれない。ウェディングドレスを彼女が着るはずだった、そう言いたいのか。

それはどういう意味だろうかと困惑していると、彼女がリューディアに顔を向けた。瞬間、ぞくりと冷たい何かが背筋を這った。

彼女から向けられたのは、憎悪の眼差しだった。リューディアは厄介者ではあったが、こんなふうに憎しみの感情を向けられたことはない。

彼女はリューディアを憎んでいる。それは間違いなかった。

初対面の彼女から恨まれる覚えはないが、思い当たることと言えば……アンブロシウスだろうか。

「あの、あなたは……」

恐る恐る問いかけると、彼女は眉間のしわを深くした。

「アンブロシウス様と親しくしている者よ」

「親しく……」

リューディアは言葉を失う。

もしかして、彼女はアンブロシウスの恋人なのだろうか。

リューディアのせいで別れさせられたのか、まだ別れていないのか分からないが、もしそうならアンブロシウスと結婚することになったリューディアを憎んでもおかしくはない。

どういうことか訊きたいのに、口が動いてくれない。心臓がドクドクと怖いくらい大きく脈打った。

「アンブロシウス様と結婚するのは私なのに……!」

憎々しげに吐き出された言葉に対し、咄嗟に、『嫌だ』と思ってしまった。

あのドレスを着た彼女とアンブロシウスが微笑み合っているところを想像したら、とても嫌な気分になった。

気持ちばかりが焦って声を出せずにいると、彼女のほうから問いかけてきた。

「あなた、どこの国の人なの？」

「……ルーヴァル国です」

リューディアの答えに、彼女は首を傾げる。

「ルーヴァル国……？　たいしたことのない国から来たのね。それで、あなたと結婚してアンブロシウス様には何の利益があるのかしら？」

「利益は……分かりませんが、アンブロシウス様は結婚相手が私で良かったと言ってくださいました」

故郷を馬鹿にされたことを不愉快に感じ、つい強い口調になってしまった。すると彼女はかっと大きく目を見開き、顔を赤くして怒りを露わにする。

何か言い返してくるかと身構えたが、唇をきつく噛み締めた彼女は、勢いよく踵を返して足早に去ってしまった。

もし彼女がアンブロシウスの恋人だったとしたら、ひどいことを言ってしまっただろうか。

彼女には申し訳ないけれど、彼と結婚するのはリューディアなのだ。

こんなに苦しい気持ちになるなんて、自分はどうしてしまったのだろう。

結婚を取り止めることになるかもしれないと覚悟したのに、彼女にアンブロシウスをとられたくないと駄々をこねている。

ああ、そうか……と腑に落ちた。

リューディアはアンブロシウスに好意を持っていたのだ。いや、それ以上の想いが芽生えていた。

気遣ってくれて、優しくしてくれて、リューディアの不運も『大丈夫』だと言ってくれて、鳥が苦手なのだと弱点をさらけ出してくれたアンブロシウスのことがいつの間にか好きになっていたのだ。

彼女もアンブロシウスのそんなところを知っているのだろうか。抱きしめる腕の強さも、唇の柔らかさも、温かな体温も。すべてを知っているのだろうか。

ここ数日姿を現さなかったのは、彼女のもとへ行っていたからだとしたら悲しい。

――私は、なんて嫌な人間なのだろう。

自分だけを見て、自分だけを選んでほしい。

呪いの王女がそんなことを望むなんておこがましいのは分かっている。それでも、アンブロシウスが他の誰かを愛するのは嫌だと思ってしまった。

❀❀❀

「バート、どうだった？　リューディアは僕のことを気にしていたか？　僕に会えなくて落ち込んでいたか？　泣いたりしていないか？」

私室の中を落ち着きなく歩き回っていたアンブロシウスは、バートが戻って来たと同時に質問攻めにした。

「お変わりないご様子でした」

あっさりと告げるバートに、アンブロシウスは食い下がる。

「ほんの少しでも変化はあるだろう！　三日も僕に会えていないんだぞ！」

キスをした日から会えていないのだから、少なくとも気にはしているはずだ。寂しがってアンブロシウスの名を呼んでいる姿が目に浮かぶ。

期待を込めてバートを見るが、彼は残念そうに首を振る。

「これといった変化はないですね。結婚式用のドレスの調整をしていましたが、お美しかったですよ。針子たちがやけに張り切っていて、手直しの相談が長引きそうでした。レースがどうとか言っていましたよ」

「張り切るのは分かる。リューディアのウェディングドレス姿は最高に美しいだろうからな」

自分も見たかったのにと、くやしい気持ちが強く、アンブロシウスの顔が渋くなる。

眉間にしわを寄せるアンブロシウスににやりとしてから、バートはぽんっと手を打った。

「リューディア様はいつも通りでしたけど、変わったことはありました。今朝、ラウラ殿があなたのことを観察していたんですよ」

「観察？」

注目を集めるのはいつものことだが、観察をされていたというのはどういうことだろうか。

「あなたの動きを注意深く見ていたような……。そういえば、あなたは最近怪我が多いご様子ですね。そそっかしいのも大概にしてください」

話しながら、バートは目を細めてアンブロシウスの足の先から頭の先まで視線を走らせた。

「そうか？　リューディアにも言われたけど、こんなものたいしたことはないよ。かすり傷ばかりだ」

リューディアが手当てをしてくれた傷はすでに治っているし、青痣は消えかけている。他にも打撲や傷はあるが、これらは剣の訓練でできたものも混じっているので区別がつかなかった。

「かすり傷ばかりがなぜそんなにできるのですか？」

冷静に問われ、アンブロシウスは胸を張った。

「これは、訓練用のブーツになぜか油が塗ってあって転んだ時にちょっと擦った。その他の傷は、何かが飛んできたり落ちてきたりしてできたものだ。華麗にそれを避けているから直撃は免れているがな」

「避けきれていないから怪我をしているんでしょうけどね」

バートが呆れ顔をするのは毎日のことなので、アンブロシウスは気にしない。むしろ、常にこの表情をされているので見ないと落ち着かない気もした。

アンブロシウスが「大丈夫だ」と笑うと、バートは大きなため息を吐き出した。

「あなたの反射神経と運動神経が並外れて優れているのは知っています。注意力散漫《さんまん》だからそのようなことになるのです。注意力さえ身に着ければ傷も作らずに済むんですよ。そもそもあなたには昔から集中力が欠けているのです。剣を握っている間しか続かない集中力なんて日常生活では何の役にも立ちません。もしその怪我がみんなに知られたら、リューディア様のせいになってしまうかもしれないんですよ」

小言をつらつらと並べていたバートがリューディアの名前を出したので、アンブロシウスは彼の言葉を最後まで聞かずに「大丈夫だ」と言った。

「僕だってきちんと考えているさ。最近の僕の怪我はリューディアのせいじゃない。誰かが僕を狙ってやっているんだ。そもそも、リューディアの不幸には理由があると思っている」

真顔になったアンブロシウスに、バートは仕方がないというように肩を竦めた。

「分かっていればいいのです。あなたはその無邪気な言動から、相手に侮《あなど》られがちです。まあ、近くで仕えてみると抜け目がないということに気づくのですが。あなたを罠に嵌めようとしているのでしょうけど、何かがあってからでは遅いのですから、十分に気をつけてくださいよ。あなたは軽率なところがあるので、私がいない時に無茶をしないでほしいのですが……」

バートは非常に優秀なのだが、説教ぐせがあるのが玉に瑕《きず》だと思う。母より口うるさい彼は、十歳上の一番目の兄と同じ年齢だったはずだ。

伝え聞いた話では、十一年前、当時から優秀だったバートに兄が「うちの末っ子、ちょっと調子に乗ってるからお前が矯正《きょうせい》して」と言ったとか言わなかったとか。バートがアンブロシウスの側近になったのはその頃なので、案外本当の話かもしれない。

調子に乗っているとは心外だが、バートがいて助かっているのは事実なので兄には感謝の言葉を贈りたい。いつか機会があれば。

今も、こっそりとリューディアの様子を見に行ってくれていたのだ。きっと寂しがっていると言って送り出したのに、『変わりがない』と報告されたのは期待外れだったが。

引いても駄目だった時はどうすればいいのか、ペールに訊いておけばよかった。

「まあとにかく、あなたはリューディア様に会いに行ったらいかがですか。あなたが会いに行っても行かなくてもリューディア様に変化はないのですから、情に訴える方法に変えたほうが得策です。どうせ誰かに焚《た》きつけられたのでしょうけど、駆け引きなんてあなたにはまだ早いですよ」

バートにはいろいろとお見通しらしい。

昔からそうだ。アンブロシウスの心を読んでいるのではないかと思うくらい、彼の言動は的を射ている。

きっと、ペールに相談したこともバレているのだろう。押して引く作戦すら気づかれているに違いない。

「情に訴える、か……」

呟いてから、アンブロシウスはすっと立ち上がった。その足で扉に向かう。

とにかくリューディアに会おう。そう思っただけでわくわくする。

「あ、でもほどほどにしてくださいね」

アンブロシウスの性格を把握しているバートの言葉を聞き流し、リューディアの部屋へ歩を進める。

会えると思ったら、鼓動が速くなって気分が上がった。

アンブロシウスはリューディアに会いたかったのだ。この三日間も、会いたいのにずっと我慢していた。

バートの言ったとおり、アンブロシウスには駆け引きなんて向いていないのだろう。ちっとも効果はなかったし、ただ自分が寂しくなっただけだった。

リューディアはアンブロシウスを見たらどんな顔をするだろうか。嬉しそうに笑ってくれるだろうか。そう思うとドキドキした。

ふと、「あ、そうだ」と思いつく。

三日も会わなかったのだから、今度こそ手土産を持って行って心証を良くしたい。

何が良いのか分からなかったので、先程騎士団の訓練の時に走り抜けた中庭で発見した桃色の花を摘んでいくことにした。

小さな花弁が寄り集まったその慎ましやかな花は、見つけた瞬間にリューディアのようだと思ったのだ。

リューディアと花。なんと可愛らしい組み合わせだろうか。

アンブロシウスはうきうきと足取りも軽く中庭に向かった。

❀
❀
❀

ぼんやりと窓の外を見ていたら、アンブロシウスの姿を見つけた。

周囲の視線を集める堂々とした佇まいは一人の時でも変わらない。凛と伸びた背筋が、彼の自信の大きさを表しているような気がした。

リューディアは、無意識にアンブロシウスを目で追っていた。

三日も会えなかったのだ。姿を見ることすらできなかったのに、今こうして視界の中にいるのが嬉しかった。

彼は何かを探しているようで、視線がさまよっている。

「あ……」

思わず声が漏れた。

先程憎々しげにリューディアを睨んでいたメーリが、親しげにアンブロシウスに近づくのが見えたからだ。

アンブロシウスは片手を軽く上げたので挨拶をしているようだが、こちらに背を向けているのでどんな顔をしているのかは分からない。

もしかして、彼らは待ち合わせをしていたのだろうか。

まだアンブロシウスからメーリとの関係を聞いていない。けれど彼は恋人がいるのに他の人とキスをしたり結婚しようとしたりする不誠実な人ではないはずだ。

だから疑いたくはないけれど、親しげな二人を見てしまうと、邪魔なのはリューディアのほうではないかと思ってしまう。

「……っ！」

不安な気持ちを抑えようとしている時、突然メーリがアンブロシウスに抱き着いた。

リューディアは思わず顔を背ける。

ドクドクと鼓動が激しく鳴っている。無意識に息を詰めていたらしく、息苦しさに胸を押さえた。

やはり彼らは恋人同士で、逢瀬のために待ち合わせをしていたのか。

もしそうなら……リューディアはどうしたらいいのだろう。アンブロシウスのことが好きだと自覚したのに、この想いは胸にしまい込まなければならないのだろうか。

ふうっと大きく息を吐き出して呼吸を整える。ちょうどラウラがお茶を取りに行った時で良かった。こんな姿を見られたら心配させてしまう。

リューディアは窓に背を向けたまましばらく動けなかった。

見たくないけれど気になる。それが本音だ。

もう一度大きく深呼吸をしてから、リューディアは窓の外へ視線を戻した。

すると予想外の光景がそこにあった。すでにアンブロシウスの姿はなく、メーリだけが

いたのだ。

「……え？」

リューディアは目を見開く。

一人残ったメーリが、泣いているように見えた。

リューディアとの結婚のことで揉《も》めたのだろうか。けれどそれで申し訳ないと思うのは何か違うような気がした。

リューディアはぎゅっと手を握り締めると、思い切って部屋を飛び出した。

階段を下りて、方向に見当をつけて渡り廊下から中庭に出る。窓から見えたところに探し人の姿はなく、周囲をぐるぐると探し回ってやっとメーリがいる場所にたどり着いた。

メーリは涙を流しながら、木が生い茂った中庭の奥に移動していた。人目に付きたくなかったのだろう。

リューディアはゆっくりとメーリに近づき、無言でハンカチを差し出す。気づいた彼女は、それを乱暴に叩き落とした。

「同情なんてされたくないわ！」

険しい顔で睨まれ、リューディアは身を竦める。

「同情なんてそんな……」

だからといって、他に今の気持ちを言い表す言葉なんてない。リューディアは否定することしかできなかった。

「だったら、何!?　善意でやっているとでも言うの!?　それこそ馬鹿にしているわ!!」

メーリはヒステリックに叫んだ。涙が飛び散り、彼女の悲痛な思いが伝わってくる。

馬鹿にしているわけではない。放っておけなかっただけだが、それが彼女をイラつかせていることも理解していた。もし自分が反対の立場でも、同じように思っただろう。

「私のアンブロシウス様なのに……!!　突然現れてあの人を奪うなんて許さない!!」

きゅっと唇を噛み締めるリューディアに、メーリは綺麗に結った髪を振り乱して両腕を伸ばしてきた。

「……っ……!」

摑みかかられるのを想定してリューディアは体を強張らせたが、何の衝撃もこなかった。いつの間にかイグナートがメーリとリューディアの間に立っていたのだ。

「何よあなた!」

メーリの矛先がイグナートに移る。けれど彼は、自分を盾にしてリューディアを護るという仕事をするだけで、メーリに答えることはなかった。

イグナートが何も言わないので、メーリは再び身を乗り出してリューディアを睨みつけてきた。

「こうやって護ってくれる男がいるんじゃない！　アンブロシウス様じゃなくてもいい

じゃないの！　それならさっさとこの国から出て行って!!」

　金切り声で耳が痛くなったが、目を逸らしてはいけないと思った。彼女の思いはすべてリューディアが聞かなければならない。ここで逃げたら、アンブロシウスを好きな気持ちが嘘になってしまう気がした。

「アンブロシウス様を返して!!」

　その後も一方的な罵声を浴びせられたが、リューディアがどんな言葉もじっと聞いていたせいか、徐々にメーリの興奮が治まっていった。

　涙でぐちゃぐちゃの顔を両手で覆い、うっうっと嗚咽《おえつ》を漏らしていたメーリは、最後は消え入りそうな声で懇願してきた。

「……お願い……返して……」

　怒鳴られるだけなら耐えられる。けれど、こんなふうに弱々しく懇願されるとひどく胸が痛かった。

　メーリが去った後も、リューディアはその場から動けずにいた。すると、ずっとリューディアを護るように立っていたイグナートがゆっくりと振り返り、すっと目を細めた。

「リューディア様、アンブロシウス様にはリューディア様に秘密にしていることがあるのでは？　もしここを出たくなったら、俺が……」

「私は大丈夫よ」

イグナートのその言葉に流されてしまいそうで、リューディアは慌てて遮った。

大丈夫。

そう言いながらも、このままこの国にいてもいいのだろうかと、そもそも自分がここにいる意味が分からなくなってしまった。

❀　❀　❀

花を摘む前に、知り合いと遭遇したり兄に呼び出されたりして遅くなってしまったが、アンブロシウスは昼過ぎになってようやくリューディアの部屋にたどり着いた。

摘んできた花にリボンでも結べば良かっただろうか。

ちらりとそう思ったが、そもそもリボンなんて持っていないのだからそれは無理だと思い至る。

喜んでもらえるだろうかと少し緊張しながら扉をノックすると、ラウラが顔を出した。

「リューディアはいるかな？」

訊くと、彼女は困ったように眉を寄せた。いつものような明るい笑顔はなく、心配そうに室内を振り返る。

「リューディア様は、熱が出て体調が優れないご様子なので、寝所でお休みです」

「えっ!?」

予想外の言葉に、アンブロシウスは目を瞠った。

「それは大変だ。医師には診てもらったかい？」

城には主治医が常駐しているので、呼べばすぐに駆けつけてくれる。アンブロシウスはあまり世話になったことはないが、体が弱いアーダムのためによく呼びに行っていた。

「はい。先程診ていただきました。疲れが出たのだろうということで、しばらく安静にしていれば治ると言われました」

「そうか。……じゃあ、起きたらでいいからこの花をリューディアに渡してくれるかな」

「かしこまりました」

会えないのは残念だが、大きな病気ではなさそうで安心した。早く良くなってほしい。

本当なら直接花を渡して喜ぶ顔が見たかったが、病弱なアーダムと一緒に過ごしてきたので、具合が悪い時はそっとしておくのが一番だと分かっている。

アンブロシウスは花をラウラに託すと、「お大事に」と言って踵を返した。

「あの、アンブロシウス様……」

立ち去ろうとしたところで呼び止められ、素早く振り返る。

「なんだい？」

言い忘れたことがあったのだろうかと首を傾げると、ラウラは少し言いづらそうに口をもごもごさせてから、意を決したようにアンブロシウスを見た。

「リューディア様に何かお伝えすることはありませんか？」

絶対にあるだろうと断言されているようで、アンブロシウスは今の気持ちを素直に言葉にする。

「早く良くなるように、くれぐれも安静にしてほしい……」

「そういうことではなくて」

即座にぴしゃりと遮られてしまった。今一番大事なのはリューディアの体調だと思ったのだが彼女の望む答えではなかったらしい。

「え？　体を気遣うこと以外にかい……？」

ラウラがうんうんと頷くので、アンブロシウスは思案した。

——他に何か言うこと……言うことなんてあったかな……。

「あ、そうだ。肝心なことを忘れていた。三日も会いに来られなくてすまなかったと、それを言いに来たんだ」

リューディアに会ったら最初にそう言おうと思っていたのだ。しかし、ラウラは首を横に振る。

「三日も会えなくて、僕は寂しかった」

　これも言おうと思っていた。だがラウラは難しい表情のままだ。

「僕のことを気にかけてほしくてわざと会いに来なかったんだ。すまない」

　ラウラはさらに渋い顔になった。会いに来なかった理由でもないらしい。

「いきなりキスをしてすまない」

　したかったからつい……と付け加えたが、ラウラは頷かない。

　アンブロシウスは『他に何か……』と熟考し、やっと絞《しぼ》り出す。

「……好きだ」

　もうこれ以外に伝えることはなかった。

「それはリューディア様ご本人に言ってあげてください」

　すげなく返されたが、そのとおりだと思った。まだ本人に自分の気持ちを伝えていない。

　ラウラは何かを言いたそうにしながらも、結局は諦めたように小さく息を吐いた。

「もういいです。何か疚《やま》しいことがあるから会いにいらっしゃらないのだと思っていたのですが、どうやら違ったようですし。……呼び止めて申し訳ありませんでした」

　目の前で無情にも扉が閉まる。ラウラの「失礼いたします」という挨拶は聞こえたが、ため息を吐かれたことに気をとられて引き留めることもできなかった。

　呆れられたのだろうか。バート以外にあんなに露骨に冷たい反応をされたのは初めてだった。

アンブロシウスは閉まった扉をしばらく見つめていたが、具合の悪いリューディアのことを考えると居ても立ってもいられず、自分の執務室へ駆け出した。

「バート、馬を用意してくれ」

執務室に入るなりそう言ったアンブロシウスに、中で仕事をしていたバートが怪訝そうに顔を上げた。

「どこへ行かれるのですか？」

「リューディアの体調が悪いみたいなんだ。早く治るように赤くて丸い……あれ、何だっけ。あの果物をとりに行こうと思うんだ」

名前は忘れてしまったが、アーダムが調子の悪い時によく食べていた果物だ。栄養価が高いだけでなく食欲がなくても喉を通りやすいらしいので、リューディアに食べさせたかった。

「商人に持ってくるように言えばいいでしょう」

アーダムが城にいた頃はよく商人が持ってきていたのだが、今はあまり見かけない。

「とれたてを食べさせたいんだ。それに、自分でとったものをリューディアに贈りたいんだ」

そのほうが効果がありそうだからだ。気持ちの問題ではあるが、アンブロシウスが直接とりに行ったほうが新鮮で一番美味しいと思う。

「……そうですか。では行きましょう」

やる気満々のアンブロシウスを止めることはできないと悟ったのか、バートは渋々といった様子で立ち上がった。

「日が暮れる前に戻って来なければ危険なので急ぎますよ」

バートは厩《うまや》へ向かう途中に厨房に寄り、料理長にくだんの果物が生《な》っている場所を訊くのも忘れなかった。優秀な側近を持つと何事もスムーズに進む。

厩に着くと、バートはアンブロシウスの白馬を鼻の先から尻尾の先まで鋭い目で確認してから、「いいでしょう」と乗る許可をくれた。

これは昔からの習慣で、万が一馬の調子が悪かったり何か細工をされているとアンブロシウスの命に関わるからだ。

バートの愛馬と競うように東に駆け、街を抜けて小さな森に入る。木漏れ日が眩しく感じられるほどに天気が良かった。風を切って走るのはなんとも爽快《そうかい》だ。

目的のものは、さほど奥に入り込まない場所で見つけた。なんとなく周りを眺めながらゆっくりと駆けていたら、赤い実をつけた木がふと視界に飛び込んできたのだ。

すぐにバートに指をさして教え、その木の傍で馬を降りる。

「これはなかなか良い実り方をしていますね」

バートが果実を触りながら感心する。

やはり自分は運が良い。自画自賛しながら、さっそく実を収穫しようと手を伸ばして気づいた。

「こうやって生っているものなんだな」

これまで、実をつけた木を見かけたことはあったが、こうして間近で生り方を観察することはなかった。枝が細かく分かれた先に実をつけているので、よく重さに耐えられるものだと不思議に思う。

「子どもの頃は木に登って直接とって食べたものです。こうやって上方向に捻るようにしてとります。赤くなっていれば食べ頃ですよ」

バートに教えてもらいながら、アンブロシウスは慣れない手つきで頃合いの良いものをもいでいく。

リューディアのためでなければ自分でとりに来ようなんて思わなかったので、彼女がいなければアンブロシウスはこんなことも一生知らなかっただろう。

リューディアと出逢って、自分は新しい発見ばかりしている気がする。

もう立派な大人だと思っていたが、自分は赤い実に交じっているこの小さな緑の実と変わらないのだろう。

アンブロシウスはそれを手に取り、自戒の念を込めて呟く。

「緑はまだ未熟ということだな」

「そうですね。アンブロシウス様みたいなものですね」

独り言のようなものだったが、すぐさまそう返されてしまった。分かっていても、人に言われると少しくやしい。

そんな会話をしつつ、ちょうど食べ頃の実を布袋いっぱいに入る分だけ厳選してもいだ。

「大収穫だな。さすが僕だ」

リューディア一人では食べきれないほどあるが、残った分は料理長にデザートにしてもらってみんなで食べることにしよう。

「そうですね。こちらへ……」

バートが布袋を持つために手を伸ばしてきたが、それを制して自分の馬の鞍につける。

「これは僕が持って帰りたい。これでリューディアの具合が良くなるといいな」

早く好きだと伝えたいし、笑顔も見たい。

もしかしたら、離れている間にリューディアもアンブロシウスのことを好きになってくれたかもしれないし。

そう考えると、すぐにでも城に帰りたくなった。アンブロシウスは馬に飛び乗り、バートを急かす。

「早く行こう」

「はいはい。それにしても、あなたが誰かのために頑張るなんて初めてではないですか」

素早く馬に乗りながら、バートは小さく笑う。その言葉に、アンブロシウスは心外だとばかりに眉を寄せた。

「僕はいつでもみんなのために頑張っているぞ」

常日頃から、国民のために懸命に働いているのだ。この国がより良くなることを願いながら兄たちのサポートをしている。

バートは「そうですけど……」と言いながら馬を走らせた。

「あなたの場合、みんながあなたのために頑張ってくれている部分もあるのですよ」

アンブロシウスも追いかけるように手綱を握り、バートに聞こえるように声を張り上げる。

「僕は愛されているからな！」

「その自信が羨ましいですよ。でも、思い込んでいるとそれが現実になると聞いたことがあります。あなたが幸運の王子なのは、その根拠のない自信のおかげかもしれませんね」

バートは昔から、ただ運が良いというだけでアンブロシウスが『幸運の王子』と呼ばれているわけではないと言う。

運ばかりに頼るなというバートの忠告は正しい。

アンブロシウスは大きく頷き、馬の上で自信満々に胸を張って見せた。

「僕は幸運の王子だ。幸運でいればみんなが笑ってくれるんだ」

だから幸運でいる。

アンブロシウスは幸運の王子でいなければならない。国民のためにも。自分のためにも。自分が自信満々に「幸運だ」と言い続ければ、自分だけでなく周りも幸運になるのはこの十九年で実証済みだ。期待に応えるのは苦ではない。きっとこの先も自分の中にある根拠のない自信とやらのおかげで幸運の王子のままでいられるだろう。

リューディアの不幸体質だって、自分が幸運体質に変えてみせよう。

アンブロシウスにならそれができる。リューディアの不幸を払い、彼女が心から笑えるようにするのだ。

そのためにはもう少し調べることがあるが、必ずうまくいく。そうなれば、リューディアは安心してアンブロシウスの隣にいてくれるようになるだろう。

「あなたは本当に……」

リューディアとの幸せな未来予想図を描いて微笑むアンブロシウスの耳に、バートの小さな呟きが風に乗って届いた。

「なんだ？」

追い越すためにスピードを上げ、アンブロシウスはバートの横に並ぶ。するとバートは、ちらりとアンブロシウスを見てなぜか嬉しそうに笑った。

「いえ、あなたが幸運の王子であり続けられるように、私は身を粉《こ》にして働きますよ」

「……前から思っていたけど、バートは自分を痛めつける趣味でもあるのか？」

アンブロシウスの側近になったことから始まり、他の王子から仕事を回されることもあるようだし、どう見てもバートは自ら苦労を買って出ている。仕事が好きなのか、自分を精神的に追い詰めるのが好きなのか、ずっと一緒にいるアンブロシウスでも計りかねた。

「そんなわけないでしょう。馬鹿なことばかり言っていると、帰ってから書類整理をさせますよ」

呆れ顔のバートに冷たく言われ、アンブロシウスはほっとする。やはりバートはこうでないと。

アンブロシウスは笑いながら、城のある方角に視線を戻した。そこで、昨夜あったことをふと思い出す。

「ちょっと気になることができたから、書類整理より作戦会議をしたいな。あ、あの件の調査報告はまだか？」

「まだですよ。どれだけ距離があると思っているのですか。焦っても仕方がありません。確実な証拠固めをしていきましょう」

すぐさま返された言葉に、はあ……とため息が零れる。

「あの件は早く終わらせたいんだ。昨夜はベッドの中にネズミがいたし……」

アンブロシウスがぼやくと、バートは「え！」と驚きの声を上げた。

「それはなかなか陰湿な嫌がらせですね。それにしても、よく私を呼び出しませんでしたね。いつもなら、すぐに退治しろと大騒ぎするじゃないですか」

「最悪な手口だが、見つけた途端に逃げて行ったからまだマシだ。でもさすがにソファーで寝たよ。だから少し寝不足なんだ」

ふあ……とあくびをしながら答える。するとバートが心配そうに注意をしてきた。

「馬上で居眠りしないでくださいよ。落馬なんてしたらただじゃ済みませんからね」

「はいはい」

おざなりに返事をするのは、自分の運動神経に自信があるからだ。

「……城が近づいてきましたね。もしリューディア様が寝ていたら、ラウラ殿に預けるだけにしてくださいね。あなたは帰ったら仮眠をとってください。それから作戦会議をしましょう」

アンブロシウスの逸る気持ちを理解しているバートは、顔が見たいからという理由だけで具合の悪いリューディアを起こすなと釘をさしてきた。

「分かっているさ」

顔が見れなくても、これを食べて元気になってくれればそれでいいのだ。これから先、毎日のように一緒にいられるのだから、今日は我慢しよう。

リューディアが喜んでくれる姿を想像し、鞍《くら》につけた袋を大事に撫でてから、さらにスピードを上げる。

しかしその直後。

「……っ!!」

突然、馬が何かに驚いたように上体を起こした。そのまま右へ左へと不規則に暴れ出す。何があったのか分からなかった。アンブロシウスは制御不能になった馬に振り落とされないようにしっかりと手綱を握る。

「どうしたんだ！　落ち着けっ！」

必死に言い聞かせて落ち着かせようとしたけれど、馬は暴れるのをやめなかった。予測不能の動きだったため、運動神経だけでは馬上に留まることができない。

「アンブロシウス様っ!!」

めずらしく焦ったバートの声が聞こえたと思ったら、アンブロシウスの体は宙に投げ出されていた。

五章

「リューディア様！　アンブロシウス様が……！」

使用人が報せに来たのは夕刻のことだった。たまたま医務室に入っていくアンブロシウスとバートを見かけたという彼女は、大事《おおごと》にするなとバートに言われたようだが、リューディアにだけは報せに来てくれたらしい。

どうやら、狩りに行ったアンブロシウスが落馬したらしい。

リューディアは教えてもらった医務室へ急いだ。しかし、医務室の入り口に一人の女性の姿を見つけて歩みが止まってしまう。

「メーリ様……」

名を呼ぶと、メーリは振り返ってリューディアを睨んだ。

報せに来た使用人はバートに口止めをされていたようだったから、同じように目撃した他の誰かから伝え聞いたのだろうか。

昼間にメーリが無言で立ち去った後、いろいろと考え過ぎたためか、リューディアは寝込んでしまった。その間にアンブロシウスが花を持ってきてくれたらしく、花瓶に可愛らしい桃色の花が飾られてあった。

初めてのアンブロシウスからの贈り物だった。それが嬉しくてずっと眺めていた。するど、なぜかニヤニヤと笑っているラウラに「アンブロシウス様ときちんとお話しなさったほうがいいですよ」と言われ、明日会いに行こうと話していた矢先に、アンブロシウスの落馬の話を聞いたのだ。

寝込んだ原因となったメーリとこんなに早くにまた会うことになるとは思っていなかった。どうしていいか分からず、リューディアは彼女の向こう側に見える扉をじっと見つめる。

「アンブロシウス様ならまだ手当てを受けているわよ」

親切にも、メーリは中の様子を教えてくれた。

「そうですか……」

不安な気持ちを抑えきれず、リューディアは両手を胸の前でぎゅっと握り締める。

落馬したという情報しか与えられず、アンブロシウスが今どういう容体なのか分からない状況で、ただ待つことしかできないのがもどかしかった。

もしも大きな怪我だったら……。そう考えただけで怖くて仕方がない。

「リューディア様、きっと大丈夫ですよ」

一緒に来ていたラウラが気遣って声をかけてくれるが、不安は大きくなるばかりだった。

扉を塞ぐようにして立つメーリを見ると、昼間のように取り乱した様子はないが、何か言いたそうに見える。

他の人には聞かれたくないことなのだろう。そう感じ、リューディアはラウラに視線を移した。

「ラウラ、悪いのだけれどショールを持ってきてくれないかしら。部屋に忘れてきてしまって……」

「申し訳ございません。すぐにとってまいりますね」

ラウラは申し訳なさそうに言うと、すぐさま部屋に向かった。

ラウラの姿が見えなくなると、メーリは眉間のしわを深くし、ゆっくりとした足取りで近づいて来る。やはりリューディア一人に話があったらしい。

「聞いたわ。あなた『呪いの王女』と呼ばれているんですってね」

呪いの王女という言葉に、リューディアはびくりと肩を震わせる。思わず顔を伏せると、はっとせせら笑う声が聞こえた。

「あなたは呪いをばらまくために来たの？　あなたがいたらこの国がどうなってしまうの

か考えたことはある？」

言われて、唇をきゅっと噛み締める。

「ねえ、知っている？　順調に育っていたこの国の農作物が突然の奇病で枯れ始めたんですって。一部の地域では雨が降り続いて災害も起きているみたい。これって、あなたのせいなんでしょう？」

そうなのかもしれないと思い、リューディアはますます顔を上げられなくなった。

自国でも同じように言われたことがある。だから、やはり自分のせいで悪いことが起きているのだと考えてしまう。

「誰のせいでアンブロシウス様がこんなことになったのかしら。あなたがいるとアンブロシウス様が死んでしまうわ」

その可能性があることは分かっていた。それなのに幸運の王子に頼ってしまった。

「あなた、アンブロシウス様を殺す気？　彼のことを想うなら、すぐにでも国に帰ってちょうだい」

リューディアは震えることしかできなかった。自分もメーリと同じようなことを考えていたから、言い返すこともできない。

リューディアがいるとアンブロシウスが死んでしまうかもしれない。

そんなことは絶対に嫌だ。彼には元気でいてほしい。あの輝く笑顔が見られなくなるなんて、考えるだけでも怖い。

彼はリューディアが来てからというもの、いつも小さな怪我をしていたのに、彼なら大丈夫だとなぜ思ってしまったのだろう。

「分かってくれたかしら？」

強い口調で問われ、リューディアは顔を上げてメーリを見た。

彼女はアンブロシウスの身を案じて言っているのだろう。もしリューディアがいなくなったら、彼女がアンブロシウスの隣に立つのだろうか。

親しい間柄だと言っていたが、親しいという言葉にもいろいろと種類がある。そこはきちんと訊いておきたいと思った。

きつい眼差しを正面から受け止め、強張る唇を無理やり動かす。

「あなたは、アンブロシウス様とどういうご関係なのですか？」

問い返すリューディアに、メーリは眉を上げて鼻を鳴らした。

「言わなくても分かるでしょう？　あなたが現れなければ、私がアンブロシウス様の花嫁になったのよ。私は彼にとって特別な存在なの」

特別な存在。それがどういう意味かなんてリューディアにだって分かる。

「それなのに、突然現れたあなたと結婚をするなんて……。国王が決めたこととはいえ、私は納得できないわ」

メーリは吐き捨てるように言った。

「アンブロシウス様があなたに優しいのは同情しているからよ。呪いの王女に優しくする意味なんて他にないでしょう。とにかく、あなたさえいなくなってくれれば、私とアンブロシウス様もこの国も元通りになるのよ。彼もこの国もこれ以上不幸にしないでくれる？　彼に何かあったら困るわ」

「同情……」

メーリの言葉が重くのしかかった。

確かに、気遣い上手なアンブロシウスなら、不幸な王女に優しくしてあげようと思うかもしれない。

アンブロシウスもこの国も、悪いほうに向かっている。それはきっと呪いの王女のせいだ。

「……私も、アンブロシウス様に何かあったら悲しいです」

リューディアさえいなければ、こんなことも起こらず、みんなが笑って過ごせたということだ。

――私さえいなければ……。

結局、自分の呪いのほうが強かったのだ。

このままでは、リューディアのせいでアンブロシウスが幸運の王子でいられなくなってしまう。

「だったら、自分がどうすればいいのか理解できるわよね？」

「…………」

リューディアはぎゅっと拳を握ってメーリに頷いて見せると、アンブロシウスに会わずに医務室の前から立ち去った。

途中、ショールを持ってきたラウラと廊下で会ったので部屋に戻る旨を伝えると心配そうにしながらも従ってくれた。

部屋に戻ったリューディアは、ソファーに深く腰をかけてふうっと大きく息を吐き出す。

知らず知らずのうちに呼吸が浅くなっていた。昔、不安なことや驚いたことがあった時によく起きた症状だ。

ハンカチを口に押し当ててなるべくゆっくりと呼吸を繰り返し、きつく目を瞑った。

リューディアは、アンブロシウスのために決断しなければならなかった。


「おやすみなさいませ、リューディア様」

「おやすみ、ラウラ」

心配顔のラウラが、リューディアの部屋の隣にある侍女の控室へ下がった。

それからしばらく待ち、ラウラが眠っているのを確認してから、リューディアはこっそりと部屋を抜け出した。

内緒で部屋を抜け出すなんて、ラウラが完璧と称してくれた王女のすることではない。けれど、アンブロシウスの容体を確認したいし、早く彼に会って話したいことがあった。

これからしようとしていることを知ったら、ラウラは、なぜ自分に言ってくれなかったのだと怒るだろう。

でも、ラウラたちを頼るわけにはいかないのだ。これはリューディアが自分でどうにかしないといけない問題なのである。

急がないと、きっと決心が鈍ってしまう。また彼に甘えてしまう。それが怖くて、急かされるように前へ進んだ。

けれど、それからすぐに気づく。まだこの城に不慣れなリューディアは、アンブロシウスの部屋がどこにあるのか分からない。

ひと気のない廊下をうろうろと歩きながら、宴の時に彼が階下に下りようとしていたことをふと思い出し、そのまま二階の廊下を進んだ。

すると、正面から一人の男性が歩いて来た。その人物はリューディアに気づくとすぐににっこりと微笑んだ。

「リューディア様ではないですか。もしかして、アンブロシウス様に会いに来てくださったのですか？」

彼はアンブロシウスの側近のバートだ。イグナートより少し年下だろうか。動きに無駄がなく、知的で有能そうだ。

いつもアンブロシウスの後ろにいるので気がつかなかったが、バートも背が高く、整った顔立ちをしている。落ち着いた雰囲気の大人の男性だ。

バートのことはアンブロシウスを迎えに来た時に紹介されたので知ってはいるが、二人きりで話すのは初めてだった。

「はい。あの……」

リューディアは返事をしながらも、アンブロシウスの部屋まで案内してほしいとお願いすべきかどうか悩んだ。こんな時間に女性が男性の部屋を訪ねるなんてはしたないと言われるだろうか。

しかし、バートはすぐに察してくれた。

「アンブロシウス様のお部屋にご案内いたしますね」

ありがたいことに、バートはにこやかな笑顔でアンブロシウスの部屋まで連れて行ってくれる。

「あの……、理由を訊かないのですか？」

「アンブロシウス様のことが心配だったのでしょう？　もう三日も会っていないとお聞き

しましたよ。アンブロシウス様はリューディア様にお会いしたがっていたので、きっと喜びます」

「……はい」

「……着きましたよ、どうぞ。先程まで会議をしていたので、まだ起きていると思いますよ」

会話をしながら応接室のようなところを横切って、奥にある扉を開け、中に入るように促してくれる。リューディアはバートにお礼を言って足を踏み入れた。

「失礼いたします」

すぐに、バートの「ごゆっくり」という声が扉の向こう側に消える。中までは一緒に来てくれないらしい。

おずおずと部屋の中に入って行くと、アンブロシウスは大きなベッドの上に体を横たえていた。

彼はすぐにリューディアに気づき、飛び跳ねるように起き上がると、にっこりと眩しい笑顔を浮かべた。

「リューディア！　こんな時間にどうしたんだい？　僕の部屋、すぐに分かったかい？」

笑顔も声もいつも通りだ。思ったより元気そうで安心する。

「アンブロシウス様にお会いしたくて廊下を歩いていたら、偶然会ったバートさんがここまで案内してくれました」

「バートが……？　そうか。君に会えて嬉しいよ」

ベッドから下りたアンブロシウスは、軽い足取りでリューディアに近づいて来た。

「落馬してお怪我をなさったのに、起きて大丈夫なのですか？」

あまりにも普段通りの彼の動きに、痛みを我慢しているのではないかと心配になる。

アンブロシウスの容体については軽傷だと聞いていたので、たいしたことがなくて良かったと安心していた。けれど、怪我は怪我だ。痛いなら無理はしないでほしい。

「知っていたのかい？　ああ、怪我はまったく問題ないよ。馬から落ちて軽く脳震盪《のうしんとう》を起こしただけなのに、バートが医者に診てもらえと言うから大袈裟なことになって……。できれば誰にも言わないように口止めしたかったんだけど、その前に気を失っていたからどうしようもなくてね」

後頭部をさすりながら、「実際は瘤《こぶ》ができただけだよ」とアンブロシウスは苦笑した。本当にそれだけだったようで、彼は手足を動かして怪我もしていないことを教えてくれる。

「ご無事で良かったです」

彼の元気な様子にリューディアがほっとしていると、アンブロシウスは小さく笑って頬を染めた。

「心配をかけたね。君も体調を崩していたというのに、余計に負担をかけてしまってすまない。しかし、君には恥ずかしいところばかり見られているね」

照れくさそうに頬をかくその顔が愛おしい。

「あ、そうだ。花は無事に届いたかい？　僕は花については詳しくないんだけど、あの花が君に似ている気がしたから、君に見せたいと思って摘んで行ったんだ」

「……花に似ているなんて、初めて言われました」

「本当かい？　君の周りには美しいものを美しいと言える人がいないんだね。僕は君と出逢ってからというもの、綺麗なものを見るとすぐに君を思い出すよ」

アンブロシウスの言葉はリューディアを喜ばせるものばかりだ。それが嬉しいのに、同じくらい悲しい気持ちになった。

彼にきちんと伝えないといけないことがあるから、ラウラの目を盗んでここまで来たのだ。

それを忘れてはいけない。

「あの、アンブロシウス様……」

目の前に立つアンブロシウスを見上げる。

澄んだ碧色の綺麗な瞳がまっすぐにリューディアを見つめていて、反射的に顔を伏せそうになったがなんとか耐えた。

アンブロシウスの眼差しはいつも優しい。子どものように純真で悪意のないそれに、心が揺らぎそうになる。

それが怖いから、早く言わなければと気が急いていた。

リューディアと一緒にいるとアンブロシウスは不幸になってしまう。だから、彼から離れなければならない。

リューディアがいなくなれば、きっとアンブロシウスの不運はなくなる。彼は幸運の王子のままでいられるだろう。

だから、勇気を出して言わないと。

緊張で乾いた唇を舌で湿らせ、リューディアは思い切って口を開いた。

「この結婚、なかったことにいたしませんか？」

「……え？」

きょとんとしたアンブロシウスは、小さく首を傾げた。

「今なんて？」

「結婚を……なかったことにしたいのです。国同士が決めた結婚なので、そう簡単になかったことにはできないと分かっています。でも、アンブロシウス様が協力してくださるなら、国王陛下に嘆願《たんがん》することも可能かと思い、お願いに上がりました」

説明した瞬間、アンブロシウスの顔からすとんと表情が抜け落ちた。初めて見る表情に、リューディアは硬直してしまう。

「結婚を破談にしたいと？」

彼のこんなに低い声は聞いたことがない。

怖い、と思った。

初めて、アンブロシウスに恐怖を抱いた。

「……はい」

なんとか声を絞り出すが、大きな体が一歩近づいて来て息が詰まる。

「許さないよ、リューディア」

冷たく響いたその言葉に、リューディアは伏せていた顔をはっと上げた。

「僕が嫌になった？　三日も会いに行かなかったから？」

アンブロシウスはリューディアの手をするりと絡めとった。彼の手がリューディア以上に冷えていることに驚く。

「いえ、そうではなくて……」

手を握られてときめいている自分が嫌になる。握り返すこともできず、リューディアはひんやりとした大きな手の感触を意識しないように努めた。

「それならどうして急にそんなことを言うんだい？　僕は君から離れる気はないよ」

表情のなかったアンブロシウスの顔が、一瞬だけ苦しげに歪む。

「アンブロシウス様……」

「君の気を引きたくて会いに行かなかったんだ。君が僕のことばかり考えてくれるようになったらいいと思っていた。本当はすごく会いたかったんだ。それが駄目だったのかな？」

「いいえ。そう思ってくださったのは嬉しいです」

「だったら、どうして？」

リューディアは、心の中で自分に言い聞かせていたことを言葉にする。

「私は呪いの王女です。一緒にいても良いことなんて何もありません。私から離れないとアンブロシウス様が……」

「そんな話は聞きたくない」

危ない、と最後まで言う前にアンブロシウスはリューディアの手を引っ張った。前のめりになった体は力強く抱きしめられる。

リューディアは夜着の上にガウンを羽織っているが、アンブロシウスは薄い夜着しか身に着けていなかった。そのせいか彼の体温を直に感じる。手はあんなに冷たかったのに体は熱いくらいだった。筋肉の動きまで分かる。

離れないといけないと分かっているのに、このままでいたいと思う気持ちがそれを押しとどめた。いつもの彼と違うのが怖いけれど、それ以上にこの腕の中にいることが嬉しい。

――もう少しだけ。このままで……。

アンブロシウスの夜着をぎゅっと握ると、突如体が宙に浮いた。背中と膝裏を子どものように抱えられているのだと気づいた時には、ベッドにぼすっと沈んでいた。

「あ、あの……！」

慌てて起き上がろうとしたが、すぐさま覆いかぶさってきたアンブロシウスに肩を押されて再びベッドに横になってしまう。

「逃がさないよ」

両手をがっちりと摑まれ、息がかかるほど近くでじっと見つめられる。

宴の日に思ったとおり、アンブロシウスの筋肉は見かけだけのものではなかった。彼の拘束から逃れようと試みてもとても太刀打ちできそうにないと悟る。

「君はずっとここにいるんだ。絶対に逃がさない」

囁くように言って、アンブロシウスは唇を塞いできた。

初めてキスをされた時のような、軽く触れ合わせるだけのキスではなかった。顔の角度を変えて上唇と下唇を何度も食まれ、時折ちろりと舐《な》められる。

食みながら軽く歯を立てられることもあり、唇ごと食べられてしまいそうだと僅かに怯えた。

アンブロシウスの熱い息が唇にかかる。それにつられるようにリューディアの体も徐々に熱を帯びていった。

アンブロシウスの熱に浮かされ、もしかしてこれは夢なのかもしれないと思う。

けれど、体にのしかかる重みも腕を摑まれている痛みも唇に与えられる柔らかな感触も、すべてが妙に生々しくて、これは現実なのだと思い知った。

「口、開けて」

優しいのに拒否することは許さないという口調で、アンブロシウスは囁いた。

なぜだろうと疑問に思いながらも、リューディアは素直に小さく口を開く。

「もっと」

言われるがままもっと開くと、ぬるりとアンブロシウスの舌が口腔に入り込んできた。

驚いて閉じようとするが、舌を絡めとられてさらに開くことになってしまう。

「んん……」

舌の表面同士が擦れるのがくすぐったくて身を捩る。すると、リューディアの両脚の間にアンブロシウスの片脚が無理やり差し込まれて動きを封じられた。

そのまま股間に太ももを擦り付けられて、下腹部がなんだかむず痒《がゆ》くなる。

「舌出して」

キスの合間に囁かれると、何も考えられずにそのとおりにしてしまう。

アンブロシウスの舌に絡められながらも、無意識に奥へ引っ込もうとする舌をおずおずと伸ばした。すると、彼の舌先であますところなくすべてを舐めとられ、ちゅっときつく吸い上げられる。

口の中なんて普段は気にもしないのに、彼の舌で触られた部分が敏感になっていた。そこから全身にじわじわとむず痒い痺《しび》れが伝わっていく。

――どうしよう。

口腔で動き回る舌に翻弄されて朦朧《もうろう》とする中、リューディアは必死に頭を働かせた。

アンブロシウスを怒らせてしまった。

強引なキスも口調も、いつものアンブロシウスとは違う。

人が変わったような彼が怖いと思うし、怒らせてしまったことを申し訳なく思う。けれどそれ以上に、好きな人からされるキスは素直に嬉しかった。

アンブロシウスの体温や匂い、唇の感触から体の重みまですべて体に刻み付けられる。これでは忘れたくても忘れられない。この先、このキスのことを思い出す度に彼のことも思い出し、悲しくなってしまう。

離れなければならないのだ。アンブロシウスはここにいろと言ったけれど、彼の安全を考えるとそうもいかない。

リューディアはアンブロシウスを守りたい。

呪いの王女から、彼を守りたかった。

だから、おとなしく受け入れていてはいけない。重しになっている体を押し返してここから抜け出さないと。

リューディアは膝を立てて足裏に力を入れ、アンブロシウスの体を持ち上げようとした。

だが、当然のことながら体重差があってびくともしない。

それでも懸命にベッドを蹴ったが、これではただ自分の体をアンブロシウスに押し付けているだけだと気づく。

「無駄だよ」

唇を離したアンブロシウスは、感情の読めない声でそう言ってから、リューディアの耳朶《じだ》に噛みついた。

ちりっとした痛みが走る。けれどすぐにその部分にねっとりと舌を這わされ、体からふっと力が抜けてしまった。

舌がかたちをなぞるように動き、するりと耳孔に滑り込んでくる。

「……ぁ……っ……」

くすぐったいのに、それだけではない何かが背筋を駆け抜け、リューディアはぶるりと身震いした。

くちゅくちゅと水音が頭の中に直接響く。その音がひどくいやらしくて、いやいやをするように首を左右に振った。

「リューディア……」

囁くように名前を呼ばれ、熱い息が耳に吹きかけられる。

びくっと小さく体が跳ねた。すると微かな笑い声がして、耳孔を舐める水音が大きくなった。

「……は……ぁ……」

自分の口から漏れる吐息が熱をはらんでいる。息だけでなく全身にじわじわと熱が行き渡り、じっとしていられないようなむず痒さを感じた。

こんな感覚は初めてで、体の変化についていけない。

病気で熱を出した時のような怠さはないのに、なぜか頭はぼんやりとしている。

リューディアが戸惑っている間に、腕を拘束していたアンブロシウスの手がガウンの下に入り込み、薄い夜着の上を這い回り始めた。

肩から脇腹に移動した手は、腰のラインに沿って下りていき、太ももを這ってから腹部を優しく撫でる。円を描くように動き回っていたと思ったら、いつの間にかガウンの前ははだけられ、夜着の紐《ひも》が解かれていた。

「あっ……！」

リューディアは驚きの声を上げた。アンブロシウスの大きな手が夜着の上から胸を包み込んだのだ。

「ま、待ってくださ……！」

ここまでくるとさすがに彼が何をする気なのか悟る。

リューディアが男というものをあまり理解していないのもあるが、紳士的で優しいアンブロシウスがそんなことをするはずがないと心のどこかで思っていたのだ。

「待たない」

リューディアはバタバタと脚を動かして抵抗するが、アンブロシウスはそんな抵抗はものともせず、夜着の隙間から手を入れて直接胸に触れた。

寝る時はいつも下着をつけないという習慣が、こんなにもすんなりと侵入を許してしまった。こんなことになると思っていなかったとはいえ、男性の部屋に来るという時点でもっと気をつけるべきだった。

結婚式も迫っているし、とにかく早く話をしなくてはという思いしかなくて、服装にまで頭が回らなかった。

それに、リューディアの周りの男性は呪いの王女を怖がり、手に触れることすら嫌がっていたので、自分がそういう対象になるという可能性も失念していた。

ひんやりとした手が無遠慮に胸を揉み、指の腹で乳首を擦るように撫でる。途端に、ぴりっと痛みに似た刺激が走った。

「……ぁんんっ……」

思わず漏れた声の甘ったるさにはっとして、リューディアは自分の口を両手で覆う。

こんな声が出るなんて恥ずかしい。

アンブロシウスに聞かれたくなくて懸命に声を押し殺しているのに、彼は爪で乳首の先端を軽く何度もひっかいて刺激を与えてくる。

「……っ……ふぁ……」

ぴりぴりとした甘い疼きに身を捩った。

胸への刺激だけでなく耳まで甘噛みされると、頭の芯が痺れて抵抗を忘れてしまう。流されたら駄目なのに、どうして力が抜けるのだろう。

「……だ、めです……ぁ……」

どうにかしてやめさせなければ。そう思いながらアンブロシウスの肩に手をかけるが、力が入らずうまく押し返すことができなかった。

「気持ち良くない？」

耳を食みながら問われた。

かかる息がくすぐったいだけではない気がして、リューディアはその感覚から逃れようと顔を背けた。

「……そ……じゃなくて……私、結婚は……」

「破談にはさせないよ。父に嘆願する気なんて僕にはない」

リューディアの言葉を遮り、アンブロシウスはきっぱりと言った。

結婚をなかったことにするために来たのに、こんなことをしてはいけない。そう思っているのはリューディアだけなのだ。

「どうしてですか？」

アンブロシウスの動きが止まったので、リューディアは彼の顔を覗き込むように首を動かした。無表情の彼と目が合い、涙がジワリと浮かんで視界が揺れる。

どうして頷いてくれないのだろう。

どうして笑ってくれないのだろう。

リューディアがいなくなれば、彼にもう不幸は降りかからないのに。

「君は僕のことが嫌いかい？」

「いいえ。嫌いになんてなれるわけがありません」

正直に答えると、アンブロシウスは僅かに目を細めた。

「それならなおさら離す気はないよ。君が僕と結婚したくないと思っていても、僕は君と結婚したい。僕が初めてそんなふうに思った君を、逃がすはずがないよね」

睨まれているわけではないのに、いつもの温かみが感じられなくて怖かった。声も平坦で、彼が今どういう感情でいるのかが分からない。

アンブロシウスはこういう怒り方をするのだろうか。それとも呆れているのだろうか。

リューディアが、これ以上アンブロシウスが傷つくところを見たくなくて逃げ出そうとしているから。

「…………」

返事ができず、リューディアはアンブロシウスの夜着をぎゅっと摑んだ。

分かっている。勝手なのはリューディアだ。

アンブロシウスのためだと言い訳をして、結局は自分のためにここからいなくなりたいのだ。

いつか、彼に怯えた目を向けられるかもしれないから。

いつか、結婚なんてするのではなかったと後悔されるかもしれないから。

アンブロシウスに失望されるのが怖い。疎まれるのが怖い。拒絶されるのが怖い。

そんな保身のために結婚をやめたいなんて自分勝手なことを言い出したのだから、呆れられて当然だ。

自分が情けなくて、リューディアはさっと目を逸らした。流れ落ちそうになる涙をぐっと堪えながら、もぞもぞと体を動かす。

アンブロシウスの手が止まったので、これで終わりだと思った。だから彼の体の下から這い出そうとしたのだが、胸を触っていた手が離れたと思った次の瞬間に膝を摑まれていた。

「脚を開いて、リューディア」

「え……そんな……」

咄嗟に脚に力を入れたが、内側から膝を押される。両脚の間にアンブロシウスがもう一方の脚もねじ込んできた。彼の体の幅の分、リューディアは脚を大きく開かされる。

膝を掴んでいた手が、今度は太ももへ移動した。肌の感触を確かめるようにするすると撫で回してから、秘部に直接触れる。

「あ、やっ……!」

リューディアは慌ててアンブロシウスの手を押さえる。そこも下着はつけていないのだ。恥ずかしいのと無遠慮に触られる恐怖で、リューディアは彼の手を必死に剥がそうとした。けれどびくともしないどころか、逆に手を掴まれてしまう。

「……いたっ……!」

アンブロシウスはその大きな手で、リューディアの両手を束ねるようにして頭上に押さえつけた。

彼は片手でそれをやってのけたのに、リューディアは両方の腕に渾身の力を込めても拘束が外れることはなかった。

「暴れないで。怪我はさせたくない」

強い口調で言われ、リューディアはびくっと体を硬直させた。直後、首筋に鋭い痛みが走る。

突然のことに声を上げることもできずに息をのんだ。

アンブロシウスが首筋に噛みついたのだと分かったのは、痛みが走った部分に舌が這わされてからだった。舌で舐められると、ぴりぴりとした痛みが甘い痺れに変わっていく。痛いのにじんわりとした気持ち良さを感じるという不思議な感覚に気をとられている間に、夜着の裾が腰まで捲《まく》り上げられていた。

肌寒さを感じた時にはすでに遅く、アンブロシウスの手が秘部を撫でた。すぐに長い指が割れ目に入り込み、何かを探るように上下に動かされる。

身を硬くしていると、指が何かに引っかかったように一瞬止まった。そして次の瞬間、ぐっと何かを内臓に押し込まれる感じがした。

「う……っ……！」

自分の体の中に異物が入ってきた痛みで、リューディアは息を詰めた。

状況からみて、浅い部分で出たり入ったりしているのはアンブロシウスの指しかないのだが、体は異物とみなして拒絶反応を起こしていた。異物を押し出そうと下腹部に力が入り、涙が一筋こめかみから流れ落ちる。

首筋から耳に舌を這わせているアンブロシウスの横顔は無表情で、それを目にした途端、ぼろぼろと大量の涙が溢れ出してきた。

「……くっ……や、いやぁっ……！」

嗚咽と拒絶の言葉が口から零れ出る。

これから何をされるのかという戸惑いと、無表情のアンブロシウスが何を考えているのか分からないという不安で、恐怖が一気に襲ってきたのだ。

リューディアの知っているアンブロシウスはここにはいない。そのことがひどく怖くて悲しかった。

一度堰《せき》を切って流れ出した涙は簡単に止まることなくシーツを濡らす。

こんなに泣いたのはいつ以来だろう。悲しくても寂しくても泣かずにいたのに、アンブロシウスの気持ちが分からないというだけで涙が溢れてしまった。

自分のことばかり考えてアンブロシウスを不快にさせたのは確かだ。彼が怒っても呆れても仕方がない。けれど今彼がどんな思いでリューディアに触れているのか、表情でも言葉でもいい、何かしらのもので示してほしかった。

「やだ……こわい……こわい……」

いつものアンブロシウスに戻ってほしくて、少しでもいいから笑顔を見せてほしくて、子どものように泣きじゃくってしまう。

「……っ……」

ふいに息をのむ音が聞こえた。気づけば、秘部を探っていた手も止まっている。

与えられていた刺激がなくなり、強張っていた体から力が抜けた。

リューディアはいつの間にか閉じてしまった瞼を恐る恐る開ける。すると、歪んだ視界の中に強張った表情でこちらを見ているアンブロシウスが見えた。

「アンブロシウス様……？」

呼ぶと、彼ははっと我に返ったようにリューディアと目を合わせ、苦しげに眉を寄せた。先程までの無表情とは違う。ちゃんと感情の分かる表情だ。

リューディアはほっと息を吐き出した。

自分の知っているアンブロシウスが戻って来た。そんな気分だった。

アンブロシウスはリューディアの腕を摑んでいた手を放すと、無言でのろのろと体を起こしてベッドのふちに座り、額に手を当てて小さなため息を吐いた。

ひどく疲れているようにも見えるその様子をリューディアはぼんやりと見つめる。

「すまなかった」

短く言って、アンブロシウスは立ち上がった。そしてそのまま一度も振り向くことなく部屋を出て行ってしまう。

ベッドの上に一人残され、リューディアは途方に暮れた。

――どうして？

拒んだからだろうか。

泣いてしまったからだろうか。

アンブロシウスは『すまなかった』と言った。悪いのは何もかもから逃げ出そうとしていたリューディアだ。それなのに彼に謝らせてしまった。

リューディアはのろのろと身支度を整えてベッドから下りた。

恐怖からの涙は止まっていたが、今度は自己嫌悪の涙が溢れ出そうだった。

アンブロシウスは呪いの王女だと知っていて受け入れてくれたのに、恩を仇《あだ》で返してしまった。

「私、最低だわ……」

声にならない呟きを漏らし、リューディアは自分の顔を両手で覆った。

六章

翌朝。

リューディアを泣かせてしまった後、執務室で仕事をして気を紛らわせていたアンブロシウスは、朝方になってやっと気分が落ち着き、リューディアを残したまま出てきてしまった寝所を覗いた。

当然ながらそこにはすでにリューディアの姿はない。

とぼとぼと執務室に戻り、出勤してきたバートに昨夜あったことをありのまま話すと、大きなため息を吐かれた。

「昨夜は気を遣ってあなたの部屋に誰も近づかないように手配したというのに、まさかそんなことが……。アンブロシウス様、それは人として最低のことです」

最低という言葉に胸が痛む。

「分かっている」

言われなくても分かっているのだ。アンブロシウスは怯えるリューディアを無理やり押し倒して行為に及んだ。

彼女があまりにも震えて怖がっていたので最後まではできなかったが、欲望のままに襲い掛かったことは間違いない。

「もしリューディア様があなたに無体を働かれたと訴えたら、あなただけでなく国同士の問題にもなるのですからね」

厳しい指摘に、アンブロシウスは神妙に頷く。

「分かっている。頭に血が上って、つい……」

「『つい』でやったことが許されるなら、法なんていりません」

もっともだ。率先して法を守るべき王族が、頭に血が上ったからという理由でやっていいことではない。

「反省している」

心から。

しょんぼりと肩を落とすアンブロシウスに、バートはもう一度大きなため息を吐いた。

「あなたは彼女をどうしたいのですか」

「妻にしたい」

「そう思っているのなら、なんで彼女が突然そんなことを言い出したのか考えましたか？」

「……頭が冷えてから気がついた。リューディアは最初から、呪いの王女だということを気にしていた。冷静になって考えてみたら、僕が落馬したのを自分のせいだと思ってしまったと分かるのに、昨夜は突然の申し出に混乱してその考えに至らなかったんだ。自分の馬鹿さ加減に腹が立つ」

ぼそぼそと答え、アンブロシウスはがっくりと頭を垂れる。

するとバートは、「だから言ったのに……」と言って立ち上がった。

「少し待っていてください。リューディア様の様子を見てきますから」

「本当か？」

実はずっと気になっていたのだが、もし彼女に嫌われていたら自分が冷静でいられる自信がなかったため、今まで対面できずにいた。

そんなアンブロシウスの思考などお見通しらしいバートは、呆れた様子を見せながらも仕方がないという顔になる。

「はい。もしリューディア様が訴えるとおっしゃるなら、私はお止めしませんからね」

「ああ。そうしてくれ」

容赦のない部下だが、もともと彼に庇ってもらいたいとは思っていない。

アンブロシウスが間違ったことをしたら真っ先に諫《いさ》めるのがバートの仕事だ。アンブロシウスとしては彼に叱られるのが一番堪えるが、王子の振る舞いとして正しいかどうか判断して言ってくれるので、素直に反省もできる。

扉に向かうバートの背中をアンブロシウスはそわそわしながら見つめた。

❀　❀　❀

リューディアの部屋に向かいながら、バートは昔のことを思い出していた。

アンブロシウスの側近になって少し経ったある日のことだ。

国王が突然アンブロシウスを他国のパーティーに連れて行った。バートも同行したのだが、異様な空気が漂うパーティーだったことを覚えている。

使用人や客人たちが何かを不安がっていて、彼らの視線の先にいるのが一人の少女だったことに眉をひそめた。

いい大人たちがまだ幼い少女を怖がって遠巻きにしているそのおかしな空間で、アンブロシウスはいつものように笑顔を振りまき、声をかけてくる人々にそつなく挨拶をしていた。

アンブロシウスは生まれ持った容姿の良さに加え、早いうちから身長がぐんと伸びていたので、どこに行っても女性たちの視線を釘づけにしていた。

会場でも彼は視線を一身に集めていたが、その国の女性たちは視線を送るばかりで自ら声をかけるのを躊躇っているようだった。女性が積極的に動くのははしたないという国民性だったのだろう。

自国で女性から積極的に迫られて辟易《へきえき》していたアンブロシウスは、そこでは女性たちが媚を売って近づいて来ないことが分かると、上機嫌でパーティー会場を歩き回っていた。

初めて国王に誘われて嬉しかったのは分かっているし、煩わしい女性たちがいない解放感を味わいたいのも分かる。けれど、アンブロシウスは少々浮かれ過ぎていた。

アンブロシウスの教育も任されていたバートは、彼が調子に乗る前に軽く釘を指しておこうと足を踏み出した。

しかし次の瞬間、ぴたりと動きが止まる。

「……え?」

にこやかだったアンブロシウスが、突然惚けたように口を開けて固まったからだ。

何があったのかと彼の視線の先を目で追うと、そこには少女がいた。パーティー会場の異様な雰囲気の原因となっている少女である。

もしかして、アンブロシウスが少女に一目惚れをした瞬間を自分は目撃してしまったのではないか。そう気づいたのは、もう少し後になってからだ。

アンブロシウスはぎこちなく動き出したと思ったら、精一杯の笑みを作って少女に何か話しかけた。すると少女はさっと俯き、アンブロシウスから距離をとるためか一歩下がった。

その行動に何を感じたのか、アンブロシウスは顔を真っ赤にして、ちょうど傍を通った使用人が運んでいた飲み物をとって一気に飲み干した。

直後、アンブロシウスの体がふらりと揺れる。

まさか毒を盛られたのかと危惧《きぐ》したが、左右にゆらゆらと揺れてへらへらと笑い出したのを見て、初めて飲んだ酒に酔っただけだと安堵する。

いや、酒を飲ませてしまったのは失態だ。

バートがアンブロシウスの体を支えるため歩み寄ろうとした瞬間、彼は近くのテーブルに勢いよく突っ込んでいった。料理の上に倒れ込んだのを見て、慌てて走り出す。

「待て、バート」

背後から声がして、バートは足を止めて振り返った。

バートを制したのは国王だった。

国王は、少女がアンブロシウスにハンカチを差し出して何か言っているのを目を細めて見つめてから、静かに話し出した。

「アンブロシウスは幸運の王子と呼ばれていても、決して完璧ではない。時にはあんなふうに醜態を晒すこともあるが、幸運の王子として生まれたからには国民を安心させなければならない使命がある。それはあいつも分かっていると思うが……」

「はい。アンブロシウス様は幸運の王子であろうと努力をしています」

それは、いつも傍で見ているバートが一番分かっている。

アンブロシウスは幸運を装っている普通の青年に過ぎない。

それなのに彼は、努力で手に入れたものもすべて幸運だからで済まされる。それが嫌にならないのかと尋ねたら、『嫌になんてならないさ。幸運の王子はみんなの希望だからね』という答えが返ってきた。そういう人間なのだ。

彼は幸運なだけの男ではない。実際は頭の切れる有能な王子だ。

求められている姿でいようと頑張っているから、彼はみんなから愛されている。

バートに小さく頷いて見せた国王は、今度は父の顔になって言った。

「もしアンブロシウスが重荷で潰れそうになったら、その時はお前があいつを助けてやってくれ。その役目はお前が適任だと思っている」

直接国王に役目を任せられ、バートは気を引き締めて「御意」と返事をした。

国王がアンブロシウスに甘いのは、彼に幸運の王子としての運命を背負わせてしまったからだろう。

それは他の王子たちも一緒で、バートにアンブロシウスの側近になるように言った第一王子も、きっと国王と同じ気持ちだったのだろう。

家族相手でも見せられないアンブロシウスの葛藤や心の内をきちんと汲んで手助けするのがバートの役目だ。

改めて、アンブロシウスの背負っているものの重さを確認した出来事だった。

その後、使用人がワインをぶちまけて連鎖的に悲劇が起きたのだが、酒のせいかアンブロシウスはパーティー会場でのことをほとんど覚えていなかった。自分の初恋さえ忘れていた。

しかし、その日から『結婚するなら奥ゆかしい女性としたい』と言うようになったので、すべてを忘れているわけではなかったらしい。

「まさか初恋が実るとは……」

バートの独り言は、誰もいない廊下に小さく響いた。

本人たちはまったく気がついていないようだから、自力で思い出すまで見守るつもりではあるが、アンブロシウスの結婚相手としてやって来たのがあの時の少女だなんて。そんな奇跡的な偶然があるだろうか。

いや、きっとこれは国王が仕組んだことだ。国王は裏で王妃に実権を握られていると言われているが、実際はそう見せかけているだけの策士だとバートは思っている。

国王は何もかもを知っていて、アンブロシウスの力量を試そうとしているのではないか。そう考えたほうが納得できた。アンブロシウスを人としても男としても成長させようとしているのだ。

その課題が、呪いの王女の呪いを解くことだ。

幸運の王子に難題をつきつけた国王は、この先どうなると予想しているのだろうか。

アンブロシウスが王女の呪いを解き、幸せな結婚生活を送ると思っているのだったら、それは少し違うような気がした。

アンブロシウスはまだ恋愛面において純真無垢な赤子のようなところがある。だからこそ、初めて人を愛した今、どう転ぶのか分からなかった。

昨夜の暴走を聞いた後だから余計に、彼はバートが思っている以上に歪んだ方向に歩き出してしまっているように感じた。

どうしたものかと考えている間に、リューディアの部屋についてしまう。

ラウラに取り次いでもらって部屋に入ると、扉付近から不穏な視線を感じた。あえてそれを無視してリューディアに挨拶をする。

「おはようございます。リューディア様。昨夜はよく眠れましたか？」

わざと昨夜という単語を強調したが、リューディアは顔色を変えることなくにっこりと微笑んだ。

「はい。いつも通りよく眠れました」

リューディアの態度を見る限り、昨夜は何もなかったようである。

ラウラも特に変わった様子はなく、唯一いつもと違うのは、背中に突き刺さるイグナートの視線だけだった。

バートは『ふむ』と心の中で頷くと、にこやかに微笑んで言った。

「結婚式の打ち合わせをしたいと思っているのですが、お昼過ぎくらいに担当の者が伺ってもよろしいでしょうか」

「……はい。お待ちしております」

結婚式という言葉に反応して返事をするまでに少し間があった。やはりいつも通りのフリをしているだけなのだ。

「アンブロシウス様が後程いらっしゃると思いますので、結婚式でのご希望がありましたらまずはアンブロシウス様におっしゃってくださいね」

「はい。そうします」

リューディアが笑顔で答えるのを見て、バートは少しだけ切ない気分になった。

「お伝えしたかったのはそれだけです。では、失礼いたします」

礼をして部屋を出たバートは、リューディアの強さに感服し、後でアンブロシウスにしっかり説教をしようと改めて決心した。

❀❀❀

バートが執務室を出て行ってから、何時間も経っているように感じた。きっと数十分の間だったのだろうが、そわそわと歩き回ることしかできないその時間がひどく苦痛で仕方がなかった。

わざとだろうが、ゆったりとした足取りでバートは帰ってきた。

「どうだった？」

机から身を乗り出して訊くと、バートはもったいぶったように一呼吸置いてから言った。

「いつもとお変わりない様子でしたよ」

「……そうか」

それは、良いのか悪いのか。昨夜のように怯えたままだったらどうしようかと思ったが、普段通りだというなら良かったのだろう。

けれど、心の中ではどう思っているのか……。

「あの方の性格を考えると、昨夜のことは誰にも言わないでしょう。言えばあなたが悪者になってしまいますからね」

「ああ……そうだな」

そのとおりだ。リューディアはそういう娘だ。

きっと、怯えているからではなく、アンブロシウスのことを考えて普段通りを装ってくれているのだろう。

「優しくてお強い方ですね」

「そうだ。彼女は相手のことばかり考えて自分のことを後回しにする」

「そんな素敵な女性をあなたは……」

責めるように言われてアンブロシウスは落ち込む。

何も言い返せないでいると、バートは本日何度目かのため息を吐き出し、アンブロシウスの肩をぽんと叩いた。

「でもまあ、その年までまともに女性に近づかせなかった私の責任でもありますから。どうにもならない時は一緒に何度でも謝りに行きますよ」

めずらしく慰めの言葉をかけられ、鼻がつんとする。それを誤魔化すため、アンブロシウスは尋ねた。

「許してくれるだろうか？」

「……表面上は」

正直な答えだ。

「腸《はらわた》が煮えくり返っているだろうか？」

「リューディア様の場合、怒っているというより傷ついていると思います」

冷静に返され、うっと自分の胸を押さえる。

リューディアを傷つけた。実際に言葉で言われるとどうしようもない自己嫌悪に襲われる。

「リューディアが国に帰ってしまったらどうしよう」

結婚をなかったことにしたいと言いに来るくらいだ。国に帰ることを彼女は当然考えているだろう。

それだけは阻止したい。国に帰ってしまったら、もう二度と会ってくれない気がするのだ。

リューディアはアンブロシウスのことを想ってくれたのに、彼女のことを思いやることができなかった。

離れるなんて許さない。

そんな傲慢な考えに支配されていた。

自分はなんて短絡的で浅はかなのだろう。こんな愚かな男、リューディアは嫌になってしまっただろうか。余計に国に帰りたくなってしまっただろうか。

誰かに許してもらいたいと思う状況に陥ったのは初めてで、どうすれば許してくれるのか分からない。どうすれば国に帰らずに、自分と結婚してくれるだろうか。

「リューディア様に傍にいてほしいなら、誠意を見せ続けるしかないのでは？　許してくれるかは分かりませんが、きっとリューディア様はそういう人間を無下にはしません」

頭を抱えるアンブロシウスを不憫《ふびん》に思ったのか、バートは今までになく優しく助言をしてくれた。

「そうか。誠意……。誠意って何だろうか」

「そこからですか？」

「ああ。そこから教えてくれると助かる」

アンブロシウスは期待を込めてバートを見る。

「まず相手の気持ちを本気で考えてみることです。これまであなたは相手の上辺の願望を汲み取り、それに応じて行動していました。そのほうが楽だったからです。それは真に相手のことを考えることとは違います。その気遣いはあなたの美点であり欠点でもありました」

「相手の気持ちを本気で考える……」

「そうです。昨夜のような独りよがりはもちろん駄目です。昨夜の行動は相手の願望を汲み取ってもいません。リューディア様の気持ちを第一に考えて、最善だと思うことをするのです」

そのとおりだ。

教師のように渋い顔をしているバートに、授業で正解を導き出した時と同じようにアンブロシウスはにっこりと笑った。

「分かった。リューディアの気持ちを第一に考えながらも、僕と結婚してくれるように尽力するよ」

「最終的にはすがりついてでも帰国を阻止してください。リューディア様はあなたの成長に必要な存在ですから」

真面目な表情から、それがバートの本音なのだと分かった。

めずらしくバートが気に入っている女性だと思ったら、そういう理由だったのかと合点がいった。

今までアンブロシウスの周りにいた女性に興味を示さなかったのは、アンブロシウスのためにならないと判断していたかららしい。

「まず、全力で謝ってくるよ」

「はい。あ、リューディア様の部屋に入った瞬間にイグナート殿に射殺《いころ》されそうな目で睨まれても、あまり挑発しないでくださいよ」

「ああ、気をつける」

バートに感謝し、執務室の扉へ足早に向かう。

リューディアに会うのは、本当は怖かった。けれど、詰《なじ》られて当たり前のことを自分はしたのだ。彼女にどんな目で見られようが、それをきちんと受け止めなければならない。なるべくダメージを緩和できるようにと、いろんな反応のリューディアを想像しながら彼女の部屋に歩みを進める。

扉をノックすると、ラウラが対応してくれた。

「おはようございます、アンブロシウス様。お体は大丈夫なのですか？」

にこやかに話しかけてくれるラウラの様子から、リューディアは昨夜のことを本当に誰にも言えずにいるのだと分かった。

「ああ。たん瘤を作っただけで他は元気だよ」

答えると、ラウラに「安心しました」と言われて居心地が悪くなる。

中に促されたアンブロシウスは、足を踏み入れた途端、扉のすぐ脇から向けられた殺気を感じとった。

イグナートだ。彼はリューディアが無理をしていることを察知しているのだろう。

バートが言っていたとおりである。

アンブロシウスはそれを甘んじて受け、ソファーから立ち上がってこちらを見ているリューディアに軽く手を上げる。

「や、やあ。リューディア」

　緊張のあまり少し声が裏返ってしまった。それに比べリューディアはいつも通りに穏やかな表情で迎えてくれる。

「アンブロシウス様、おはようございます」

　まるで何もなかったような態度の彼女に、アンブロシウスは戸惑いを覚える。それでも誠心誠意謝るために切り出した。

「リューディア、昨夜は……」

　それを遮るようにしてリューディアが扉のほうを見て言った。

「ラウラ、イグナート、少し席を外してくれるかしら」

　すると、従順な侍女たちは余計なことは言わずに頷いた。

　お茶の準備をしようとしていたラウラと、壁際に気配を消して佇んでいたイグナートが静かに部屋を出て行く。ラウラはともかく、イグナートは渋々といった様子だったが。

　それを見届けてから、リューディアはアンブロシウスに向き直った。

「昨夜は、アンブロシウス様の立場も考えず勝手なことを言って申し訳ございませんでした」

　突然リューディアが頭を下げたので、アンブロシウスは目を見開いた。

「え？」

「私が国に帰ったら、アンブロシウス様の立場が悪くなってしまいます。そのことをきちんと考えていませんでした。本当に申し訳なく思っております」

　重ねて謝罪をされて、慌ててリューディアの肩を摑んで顔を上げさせる。

「何を言うんだ！　悪いのは僕だ！　全面的に僕が悪い！　君は何も悪くないよ！　僕の立場なんてどうでもいいんだ！　君にひどいことをしたのは僕じゃないか！」

　必死に言い募っても、リューディアは首を振る。

「いいえ。すべて私の不用意な発言のせいです。アンブロシウス様は悪くありません」

「違うんだ、リューディア。君が僕から離れてしまうと思ったらたまらなくなって、引き留めなくてはと焦ってあんなことをしてしまった。君の気持ちを考えなかった自分勝手な僕が悪いんだ。君は怒っていいんだよ」

　頑ななリューディアになるべく冷静な口調で言い聞かせたが、彼女は「でも……」とつらそうに眉を寄せた。

「アンブロシウス様には恋人がいらっしゃったのに、私と結婚することになって……」

「……え？　恋人？」

　リューディアの口から飛び出した予想外過ぎる言葉にまぬけな声が出た。

　――恋人？　今、恋人と言ったか？

　混乱する思考を整理するため、アンブロシウスは記憶を辿ってみた。

自分はリューディアに恋人がいたなんて話したことがあっただろうか。いや、そんな誤解をさせる会話はしていないはずだ。

なぜならば、今まで恋人なんていたことがないからだ。

「リューディア、なぜそう思ったのかは分からないけれど、今も昔も、君以外に恋人と呼べるような女性はいないよ」

はっきりと告げると、リューディアは目を瞠った。

「え？　じゃあ……」

戸惑ったような表情になったリューディアが何か言おうとすると、扉の外が突然騒がしくなった。

「待ってください！　今は困ります！」

扉の向こうでラウラの声がした。その後すぐに、ばんっと乱暴に扉が開く。

「申し訳ございません、リューディア様。お止めすることができなくて……」

困り顔のラウラが止めようとしていたのは、憤慨した様子のメーリだった。その後ろにイグナートがいるが、リューディアの護衛であるはずの彼がメーリを止めなかったのは、主人がアンブロシウスと二人きりという状況が気に食わなかったからだろう。

「メーリ？」

咄嗟にリューディアを背後に隠して正解だった。メーリはなぜか怒り心頭という様子だったからだ。

なぜそんなに怒っているのだろうと首を傾げる。そんなアンブロシウスの背後から、リューディアはひょっこりと顔を出した。

「あなた、昨夜アンブロシウス様のところへ行ったそうね！」

メーリがリューディアに摑みかかろうとしたので、アンブロシウスは素早くリューディアを腕の中に閉じ込める。

それが面白くなかったのか、メーリはさらに凄まじい形相になった。目尻が険しく吊り上がっている。そんな状況に気づいているのかいないのか、ラウラが「きゃー」と黄色い声を上げる。

「リューディア様、アンブロシウス様と逢い引きなさっていたのですか⁉」

「使用人風情が黙っていなさい！　しおらしく国に帰るかと思ったのに、既成事実を作りにいくなんてとんだ卑怯者ね！　あなたがいたらアンブロシウス様が死んでしまうと言ったでしょう！　早く国に帰って！」

嬉しそうなラウラを押しのけて、メーリはアンブロシウスに守られているリューディアを睨みつけた。

腕の中でリューディアが体を強張らせるのが伝わってきて、アンブロシウスの庇護欲が刺激された。

「アンブロシウス様と結婚するのは私よ！」
勝手なことを言い放つメーリに、アンブロシウスは眉をひそめる。
「何を言っているんだ、メーリ！　そんなことはありえない」
リューディアを抱きしめる腕に力を込め、アンブロシウスは低い声で一喝した。すると
メーリがびくっと身を震わせ、大きな瞳に涙を溢れさせる。
ぽろぽろと涙を零すメーリを見ても心はまったく動かなかった。アンブロシウスが守り
たいと思うのはリューディアだけなのだ。
守るものができて初めて、自分の薄情な部分を知った。
「どうして？　あなたと結婚するのは私じゃない。昔からそう決めていたわ。王子の妃に
なるためには、あなた以外もういないのに……」
泣きながらアンブロシウスにすがってこようとするメーリの手をかわし、きっと睨む。
「僕が結婚するのはリューディアだ。君と結婚する気なんて最初からまったくないよ」
きっぱりと拒絶の意を示す。すると腕の中のリューディアがもぞもぞと動いてアンブロ
シウスを見上げてきた。
「あの、アンブロシウス様。メーリ様はあなたの恋人だったのでは……？」
困惑した様子で、リューディアは言う。それによって、先程のリューディアの言葉の意
味を理解する。

「誤解だ、リューディア。メーリは第一王子の妻アマンダの妹で僕らの幼なじみだけど、それだけの関係だよ。彼女が僕の恋人だったことはない」

そんな事実は一切ないし、もし恋人だったとしたら、『最初から結婚をする気がない』なんて言ったアンブロシウスは最低な男ではないか。

「……そうなのですか？」

「そうだよ。メーリが君に何を言ったのか分からないけど、僕と彼女はそんな関係になったことは一度もない」

はっきりと伝えると、リューディアは泣きそうな顔になった。

「はい……」

それだけ言うのがやっとなのか、彼女はきゅっと唇を引き結んでアンブロシウスの胸に顔を埋める。

なんて愛しいのだろう。

リューディアが何を考えて昨夜あんなことを言ったのか、これでようやくすべて分かった気がした。彼女はアンブロシウスのことだけでなく、メーリのことも気にしていたのだろう。

優しいリューディア。アンブロシウスとメーリが恋人ではなかったと分かっただけで泣いてしまうほど心を痛めていたのか。

アンブロシウスはリューディアの背中をぽんぽんと叩き、メーリに視線を戻した。

「メーリ、君は僕の恋人でも何でもないだろう。ただの幼なじみだ。君が王子の妃になるために僕たち兄弟の誰かと結婚しようと努力していたのは知っている。だが、なぜ誰も君を選ばなかったのか分かるか？」

自分はきっと、これまでメーリに向けたことのない冷たい目をしているのだろう。彼女は怯んだように後退ったが、負けん気の強さを発揮してふんと鼻を鳴らして答えた。

「見る目がないからよ」

アンブロシウスはその答えに肩を竦める。

「逆だ。見る目があるから選ばなかったんだよ。目的のために手段を選ばない君は、誰のことも愛していなかった。だから誰も君を愛さないんだ」

容赦のない言葉に傷ついたのか、メーリは顔を覆って泣き出した。

メーリが王子の妃になりたがっていることは知っていたし、努力する姿も見てきた。けれど、自分には関係のないことだと思っていた。

だが、兄弟の中で結婚せずに残っていたのはアンブロシウスとアーダムだけだ。アーダムがメーリのことを毛嫌いしていたのが分かっていたのか、彼女はアンブロシウスに狙いを定めていたらしい。

そんなことにも気がつかないほど、メーリのことは眼中になかった。

子どものように泣くメーリが気になったのか、リューディアがアンブロシウスから離れようとする。しかし、アンブロシウスはがっちりと抱きしめ直した。

自分を傷つけた相手のことまで気にするリューディアの心は尊い。けれど、ここで情けをかけてはメーリのためにもならないのだ。それにメーリはリューディアを傷つけた。そんな彼女を許せるはずがなかった。

メーリの泣き声が小さくなるのを待つ優しさなんて持ち合わせていないアンブロシウスは、泣き続ける彼女に平坦な口調で言った。

「リューディアを傷つけた君を僕は許すことなんてできない。この部屋から……いや、城から出て行ってくれないか」

「でも私は……！」

すぐに反論しようとするメーリを視線だけで黙らせる。

「僕が君を力ずくで追い出す前に、自分で出て行ってくれるかな」

いくら抑えても滲み出てしまう怒りを真正面から浴びせられ、メーリはアンブロシウスの本気を感じとったようだ。くやしそうに下唇を噛みながらも、くるりと踵を返して去っていく。

その足音が聞こえなくなると、なぜかにこにことしているラウラがイグナートを伴って扉の向こうに消えた。気を利かせてくれたのだろう。

「アンブロシウス様……」

濡れた黒い瞳で見上げてくるリューディアに、アンブロシウスは眉を寄せる。

「すまない、リューディア。もっと早くに気づくべきだった。他のことに気をとられていたとはいえ、これは僕の失態だ」

メーリがリューディアに接触していたことに気がつかないなんて、本当に情けない。アンブロシウスはこの数日で、一生分の情けなさを味わっているような気がした。

アンブロシウスは腕の力を緩め、リューディアの顔を間近で覗き込む。

「改めて昨夜のことも謝らせてほしい。君に乱暴なことをして申し訳なかった。君が僕から離れてしまうなんて考えるだけでも嫌だったんだ」

「私こそ、誤解をして勝手にあんなことを言って……。本当に申し訳ございませんでした」

お互いに謝罪すると、どちらからともなく笑い合った。

わだかまりがとけて良かった。リューディアが笑ってくれるのがとても嬉しい。

アンブロシウスは、今まできちんと言葉にしていなかった大事なことを告げる。

「僕は、君のことが好きだ。実は謁見の間で君を見た時に一目惚れをしてしまった。ずっと君の気を引くことばかり考えていたんだ」

リューディアは頬を染めてはにかんだ。それが可愛くて思わずキスしそうになったが、彼女が口を開くのを見て寸前で動きを止めた。

「私もあなたのことが好きです。アンブロシウス様」

ああ。キスをしなくて良かった。喜ばしい告白が聞けた。

好きな人が自分を好きでいてくれる。なんて嬉しくて幸せなのだろう。リューディアの笑顔を見ているだけで、簡単に空も飛べそうな気がする。

今度こそキスを、と思ったらふいに彼女は顔を曇らせて俯いてしまった。

「でも、私は……」

彼女が何を心配しているのかは分かっている。アンブロシウスはまっすぐにリューディアを見つめた。

「大丈夫。僕と会ってから、君の周りで不幸なことは何も起きていないよ。食堂に鳥が入り込んだのは偶然だし、僕の怪我は僕自身の不注意でしかない。落馬だって、たまたま馬が何かに驚いて暴れてしまっただけなんだ」

ね？　と同意を求めても、リューディアは困ったように微笑んだ。

アンブロシウスはじっと目を合わせたまま、言い聞かせるように「大丈夫」と繰り返す。

「僕は君が呪いの王女でも構わない。そのままの君が好きなんだ。それに、僕と一緒にいれば君の呪いなんて吹き飛ばせるよ。さっきも言ったように、呪いの影響なんて何も出ていないからね。君は自分の周囲で起こることすべてを自分のせいにして気にしているだけなんだ。だから何も心配することはない」

自信満々に言い切るアンブロシウスに、リューディアは笑顔を取り戻した。

「……はい。ありがとうございます」

涙ぐみながらも嬉しそうに微笑む彼女が愛おしい。

「僕は絶対不幸にならない。だから、キスしてもいい？」

お預けを食らっていたアンブロシウスがお伺いを立てると、リューディアは恥ずかしそうに頷いて瞼を閉じた。彼女の小さな唇に自分のそれを重ねる。

軽く唇を触れ合わせただけなのに、こんなに満たされるものなのか。想いが通じ合うというのは、なんて素晴らしいことなのだろう。

このままキスを続けたいと思ったが、まだ言うことがあると気づき、名残惜しい気持ちで唇を離す。

「改めて……」

こほんっと咳払いをし、アンブロシウスはいったんリューディアを腕の中から解放すると、彼女の前に跪いた。

自分がこんなふうに誰かの前に跪く日がくるとは思っていなかった。

アンブロシウスは恭しくリューディアの小さな手をとり、きょとんとしている愛しい顔を見上げる。

「リューディア、僕と結婚してくれるかい？」

少し緊張しながら問う。

するとリューディアはぱっと顔を輝かせ、華のような笑みを浮かべた。

「はい。私で良ければ喜んで」

最高の返事だ。

リューディアが自分のことを好きだと言ってくれた。結婚を承諾してくれた。

今日のことは一生忘れないだろう。

アンブロシウスは、幸せでも泣きたくなることがあるのだとこの時初めて知ったのだった。

七章

　結婚式当日。

　リューディアは祝福の声を上げる国民に手を振りながら、ほっと安堵していた。

　悪いことが起こるのではないかとひやひやし通しだったが、結婚式は拍子抜けするほど滞りなく進んだ。その後の城の広場に集まった国民へのお披露目も無事に終わりそうである。

　両家の家族に祝福され、国民からも歓迎され、今までの人生で一番幸せな一日だ。

「君と結婚できて嬉しいよ」

　耳元に顔を寄せてきたアンブロシウスが弾んだ声で囁いた。同じ気持ちだと伝えるため、リューディアは満面の笑みを返す。

　リューディアは、アンブロシウスによって変わることができた。彼の幸運のおかげだけではなく、彼がリューディアを受け入れてくれたからだろう。

自信を持つことができたから、呪いに怯えることもなくなった。

今までならいちいち気にしていた小さな不幸を笑って流せるようになったし、『自分のせいで』と思うことも少なくなった。

昔リューディアに話しかけてきた人が転んでパーティーが台無しになったのも、会う度に微笑みかけてくれた人が左遷されたのも、目の前で階段から人が落ちたのも、すべてを呪いのせいにしていたけれど、もしかしたら違うのかもしれない。

何かがある度に周りの人たちがリューディアのせいだと言うので、自分でも『そうなのかもしれない』と思い込むようになっていたけれど、偶然起こってしまったことや、関係のないことまで自分のせいにしていたのかもしれない。

周囲も自分も、不可解な出来事は呪いのせいにしてしまったほうが楽だったのだ。悪いことは何もかも『呪いのせいで』の一言で済ませられるから。

すべては考え方次第なのだと、気づかせてくれたのはアンブロシウスだ。彼のおかげで呪縛から解放され、心から笑うことができるようにもなってきた。

これから何があっても、強い気持ちで乗り越えていける気がする。

アンブロシウスと一緒なら、何があっても大丈夫。そう思えた。

――だから、きっと大丈夫。

すべてが順調に進んだ今、リューディアの頭の中はこの行事が終わった後の心配事にすり替わりつつあった。


その夜。とうとう初夜が訪れた。

二人はまだ一線を越えていない。改めてプロポーズをされた日からもキスしかしていなかった。一度リューディアに怖い思いをさせたから結婚式を終えるまではとアンブロシウスが気遣ってくれたので、愛し合うのは今日が初めてということになる。

湯あみをして香油をたっぷり塗った髪と肌は、花の香りを放っている。

ベッドに座った状態でリューディアとアンブロシウスは、かしこまって向き合っていた。

「今日は思う存分優しくさせてほしい。あの時は怖がらせてしまって本当にすまなかった」

結婚の破棄を申し出た時のことを謝られて、リューディアは慌てて首を振る。

「いいえ。私がきちんとアンブロシウス様に確認をしなかったのがいけないのです。勝手に悪いほうに考えてしまって……」

申し訳ございません、と謝り返すと、アンブロシウスも同じように首を振った。

「いや、君は悪くない。メーリが僕の妻の座を狙っているのを知っていたのに、君との結婚が決まったから諦めたと思って放置していたのがいけないんだ。まさか君にいろいろ吹き込んでいるなんて思いもしなかった。本当に申し訳ない」

メーリのことについては、リューディアもアンブロシウスも猛省しており、お互いに謝り合うばかりで話が進まない。

だから、リューディアはベッドの上にあるアンブロシウスの手に自分のそれをそっと重ねた。

「でも、あの方がいたから、私はアンブロシウス様のことをお慕いしているのだと気づけました。それには感謝しています」

本当にそう思っている。メーリがいなければきっとアンブロシウスとちゃんと向き合うこともできずに逃げることばかり考えていただろう。

「君は……優し過ぎるよ。もっとわがままを言っていいんだ。僕みたいに」

リューディアの手を反対に握り返してきたアンブロシウスは、その手を愛おしげに撫でた。

「私、十分わがままですよ。だって、メーリ様にアンブロシウス様を渡したくないと思っていました。それに、結婚を破談にしたいと言ったのも、呪いのせいでアンブロシウス様に嫌われてしまうのが怖かったからです」

リューディアの本音にも、アンブロシウスは嬉しそうに笑う。彼は呪いだけでなく何でも受け止めてくれるので、リューディアは素直に自分の気持ちを言えるようになっていた。

どちらからともなく自然と距離が近づく。

リューディアにとって人を好きになるのも、唇へのキスも、これからする行為も、アンブロシウスが初めてだった。

もちろん、ラウラから口頭でいろいろと教わったりもしたのだが、それを実行できる勇気もなければ技量もない。だからアンブロシウスの望むことは何でもしようと思った。

「リューディア……」

アンブロシウスの声がとても甘い。

碧色の綺麗な瞳が近づいて来たので、リューディアはゆっくりと目を瞑った。

すぐに唇に感じたのは、柔らかいアンブロシウスの体温だ。こんなふうに触れるだけのキスはドキドキするけれど安心もする。

アンブロシウスは唇を少し離すと、間を置かずにもう一度触れさせた。そんなふうに角度を変えて何度も柔らかなキスをしてくれるのは、リューディアの緊張を解くためだろうか。

しかし次第に触れるだけではなくなっていった。食むように唇を包み込まれたかと思ったら、ぺろりと舐められる。それを繰り返してから、とうとう舌がリューディアの唇を割って入り込んできた。

舌の絡め方が前回より優しい。それだけでも、想いが通じ合ったのだと嬉しい気分になった。

口を開けてアンブロシウスの舌の動きに身を任せていると、後頭部と腰に彼の腕が回されて密着度が増した。

奥へ入り込んだ舌は、根元から歯列、上顎を遠慮なく舐め尽くしていく。だんだんと頭がぼんやりしてきたリューディアは、ただアンブロシウスの夜着を握り締めていることしかできなかった。

腰に回されていたアンブロシウスの手が、するりと脇腹を撫でる。舌で上顎をくすぐられる感覚に身を捩らせながら、あやしく動き出した手をも意識することになり、リューディアは思わず体を仰け反らせた。

逃れたかったわけではないが、初心者のリューディアには少し刺激が強い。

キスだけでも気持ちが良いのに、体を触られたらどうなってしまうのか。以前その気持ち良さを知ってしまったから、これ以上の刺激が加わったら自分の意識を最後まで保てるかが心配になった。

愛し合うという行為のまだ始まりだと分かっているけれど、未知のことに対する恐怖心は捨てきれない。

「……ん……」

「怖い？」

リューディアの気持ちを察したらしいアンブロシウスが、唇を離して顔を覗き込んできた。

心配そうな瞳がうっすらと潤んでいて、彼が興奮してくれているのだと分かる。それを見ると、不思議と恐怖心が薄らいだ。

「前に怖い思いをさせてしまったから、身構えてしまうよね。ごめんね。時間を巻き戻してやり直したい。そうしたら絶対にあんなことはしないのに」

額に手を当てて落ち込むアンブロシウスに、リューディアは慌てて首を振る。

「いいえ、違うのです。キスだけで気持ち良いのに、これ以上アンブロシウス様に触れられたら自分がどうなってしまうのか分からないのが怖くて……。恥ずかしいのです」

言っているうちに、なんだかとても恥ずかしいことを暴露しているような気がして、
リューディアは赤くなった頬を押さえた。

するとアンブロシウスは相好を崩し、ぎゅっとリューディアを抱きしめた。

「可愛い。なんて可愛いんだ。ああ愛おし過ぎる」

早口で一気に言ってから、アンブロシウスはふうっと息を吐き出す。

「リューディア、愛しているよ」

耳元で囁かれたのは、甘い愛の告白だった。リューディアはアンブロシウスの背中に腕

を回し、きつく抱き着くことで自分も同じ気持ちだと返事をする。

「僕には君だけだ。僕が君を幸せにする」

「アンブロシウス様……」

アンブロシウスの気持ちが嬉しくて感極まってしまった。

「だから安心して身を委ねてほしい」

「……はい」

胸がいっぱいで頷くのがやっとのリューディアは、アンブロシウスの広い胸に顔を埋めた。

きっと大丈夫。

この人となら幸せになれる。

だから大丈夫。もう怖くない。

ゆっくりとベッドに押し倒されながら、リューディアは自然と笑みを浮かべていた。

アンブロシウスはちゅっと軽く唇を重ねてから、じゃれるように首筋にキスをする。音を立てて繰り返されるキスがくすぐったい。

リューディアは首を竦め、小さな笑い声を漏らす。すると、アンブロシウスは手のひらで大きく円を描くようにリューディアの腰から腹部にかけて優しく撫で始めた。

首筋へのキスも舌を這わせるものに変わり、リューディアの口から熱い吐息が漏れる。

舐めながら時折きつく吸われると、痛みと同時にむずむずとした痺れが背筋を走った。

そうしている間にもアンブロシウスの手は臀部から太もも、膝裏まで移動していた。手のひらでの愛撫だったものが、指先でそっと触れるものになっている。

その指が辿ったところがすべて敏感になっていくような気がする。

今日の夜着は脱がしやすいものをラウラが選んでくれた。下着はつけていないので、紐を解いて開けば全裸だ。

アンブロシウスはもったいぶるように時間をかけてリューディアの体を撫で回し、甘い声が漏れるようになってから夜着の前を開いた。

「綺麗だ、リューディア」

リューディアの裸をうっとりと眺めるアンブロシウスは、まだ肌を晒していない。

「アンブロシウス様も……」

一人だけ生まれたままの姿でいるのが恥ずかしくて、リューディアはアンブロシウスの夜着に手をかけた。すると彼は、色っぽい笑みを浮かべてそれを素早く脱ぎ捨てる。

「これでいいかい？」

思った通り、アンブロシウスには逞しい筋肉が無駄なくついていた。均整のとれた綺麗な裸体である。

この体に身を委ねるのだと思ったら、鼓動がさらに激しくなった。

「……はい」

またしてもリューディアは短く返事をすることしかできない。それでもアンブロシウスは優しく目を細めてキスをしてくれた。

その瞳から『愛しい』という感情が溢れているようで、リューディアはきゅっと胸が苦しくなる。

アンブロシウスの長い指は、今度は素肌の上をするすると撫でていった。首筋から肩に下りたそれは、胸の輪郭を確かめるかのように這う。

直接的な刺激はないのに、撫でられる度に気分が高まっていくのが分かった。アンブロシウスの手からは催淫剤のようなものが出ているに違いない。

「……あっ……！」

長い時間膨らみばかり触られていたせいか、指先が胸の突起を掠っただけでびくっと体が跳ねた。するとアンブロシウスは、突然そこを口に含んだ。

「ぁあ……ん……！」

強い刺激がいきなり襲ってきて、リューディアは僅かに腰を浮かせる。ちろちろと胸の突起を舐められるのは予想以上に刺激が強かった。

ラウラは、気持ちが良い人とそうでもない人がいると教えてくれたが、リューディアは敏感に反応するほうの部類だった。

突起の先を弾くように舐められ、ぴりぴりとした甘い痺れが胸から下腹部へ伝っていく。与えられる快感が、熱となって全部そこに集まっているような気がした。

アンブロシウスは時間をかけ、リューディアの反応を見ながら強弱をつけて丁寧に愛撫してくる。彼が触れるだけで気持ちが良くて、どんどん溜まっていく熱が腹部から全身を巡り、頭が侵されていった。

リューディアは無意識に脚をもじもじと擦り合わせる。

それに気づいたからか、焦らすように動いていた手がリューディアの両脚の間に入り込む。指が秘部にぐりぐりと押し付けられた。

「ちゃんと濡れているね。良かった」

言われて初めて気がついたが、確かに指の滑りが良いようだった。恥ずかしいけれど、アンブロシウスの愛撫に体が反応している証拠なので安堵の気持ちも少しある。

滑りの良くなった指は、秘部を上下に何度か動いた後、なぜかその上部で何かを探るように動き始めた。

じわじわとした快感に眉を寄せ、ぎゅっとシーツを握る。

自分でも触れたことのないそこを他の人の指で探られるのは、なんだか変な気分だった。

「……っ……！」

ある一点をぐりっと押されて、リューディアは声にならない悲鳴を上げた。脳天を突き抜けるような快感が、一瞬にして全身を駆け抜けたのだ。

「……あっあぁ……ん、やぁ……」

強過ぎる快感に身を捩りながら、リューディアは上ずった声を上げた。

胸の刺激だけでも強いと思っていたのに、それ以上の快感を与えられて何も考えられなくなる。小刻みの振動に徐々に腰が浮き、シーツを握る手に痛いほど力がこもった。

こんな快感は知らない。

頭が真っ白になって、アンブロシウスが与える刺激だけに意識が集中した。

胸の突起から口を離したアンブロシウスは、体ごとリューディアの脚の間に入った。そして膝裏を持ち上げて大きく開かせると、秘部に顔を寄せる。

彼の温かな舌が秘部を舐め上げた。

「んん……っ！」

そのまま何度も舌を上下させてから、上部にある花芯を舌先で押し潰した。びくびくっと体が大きく跳ね、リューディアはきつく目を瞑る。

敏感なそこを愛撫されてひっきりなしに零れる嬌声《きょうせい》は、自分でも聞いたことがないほど甘いものだった。

気持ちが良いなんて考えることもできないくらい、痛いほどの快感に支配される。

「……っ……あ、ぁ……っ！」

ぐりぐりと舌先で嬲られ、時にきつく吸われて、嬌声が次第に途切れ途切れの悲鳴になっていった。

快感というものに上限はないようだ。頭がおかしくなるような刺激を与え続けられて、無理やり押し上げられる。

「……や、だめ、だめ……っ!!」

何が嫌で何が駄目なのかなんて分からない。それでも本能的にもう駄目だと思った。大きな波に攫われてしまう。

得体の知れない何かが背筋を駆け上ってきたと思ったら、突然、頭の中で弾けた。

「あぁ……んんっ……!」

体が硬直して、瞼の裏で光が散った。頭の中は霧がかり、酸素が足りなくて呼吸がひどく荒くなっている。

たった今自分に起きたことを理解できずに体は小刻みに震えていた。

何も考えられずにぼんやりと宙を見ていたリューディアは、膣内にぐっと何かが入ってきたことによってはっと我に返る。

ゆっくりと入ってきたのはアンブロシウスの指だった。それは膣壁を慎重に撫で、中でぐるりと回されるのが分かった。

舌は再び花芯に振動を与え始め、指は膣内を拡げるように動き回る。気持ち良いのと痛いのが混ざり合って頭の中が混乱してしまう。

「……あ、んん……」

アンブロシウスがリューディアの反応に合わせて指の動きを変えてくれるので、膣内の異物感より花芯への愛撫のほうに集中することができた。

それからも動きを速くしたり遅くしたりして、痛みがなくなるまで優しく解してくれる。

リューディアが気持ち良さしか感じなくなってから、アンブロシウスは注意深く一本から二本へ指を増やした。

「んっ……！」

一本の時とは違う鋭い痛みと圧迫感に、リューディアは眉を寄せる。

申し訳なさそうに問いかけられ慌てて首を振った。

「痛いかい？」

「……ん、大丈夫、です……」

無理をしていると思われたくなくて笑顔を作ったが、アンブロシウスはやせ我慢に気づいているのだろう。

「なるべくゆっくりするから、力を抜いて」

言われたとおり、リューディアはふうっと大きく息を吐き出した。そして、できる限り余計な力を入れないように努める。

アンブロシウスはゆっくりと慎重に中を拡げていった。丁寧に壁内を探り、リューディアが反応するポイントを見つけて刺激していく。

「あ……ぁあ……ん、や……」

「どんどん溢れてくるね。中も柔らかくなってきているよ」

リューディアが甘い声を上げる度、アンブロシウスは恍惚とした様子でどういう状態か伝えてきた。それが恥ずかしくて、さらに彼の指を意識してしまう。

けれど、そうやって痛みが感じられなくなるまで時間をかけて愛撫をしてくれたアンブロシウスの気持ちが嬉しかった。

次第に恥ずかしさは消えていき、すべてが快感にすり替わる。

「あ、また……ぁあん……っ!!」

花芯と同時に膣内の良いところを刺激されると、再び快感の大きな波に押し流されてしまった。

「良さそうだね」

嬉しそうなアンブロシウスの言葉も理解できないほど意識が朦朧《もうろう》としているのに、すぐに彼は指の動きを再開した。

「や……へん、だから……！」

もう自分が何を言っているのか分からない。とにかく動きを止めてほしかった。

アンブロシウスの腕を掴むが、敏感になっている体ががくがくと震え始めて止めることができない。

そして、何度目かの痙攣の後、アンブロシウスはおもむろに起き上がった。

ぼんやりと見上げると、上気した顔でにっこりと微笑み、膣口にぴたりと熱くて硬いものを押し当ててくる。

「挿れるよ」

言葉少なに言って、彼は腰に力を入れた。

質量のあるものがぐっと入り口をこじ開けたと思ったら、猛りがじわじわと体内に侵入してくる。入れば入るほど痛みは増していき、リューディアは無意識に息を詰めていた。

「力を抜けるかな……」

苦しげに呼吸をしながら、アンブロシウスは懇願してきた。

彼も痛いのだろうか。

リューディアは懸命に体から力を抜こうとした。けれど、初めて体内に入り込んできた異物に意識が集中してしまっていて、うまく呼吸もできない。

「痛い思いをさせてすまない」

浅い呼吸を繰り返すリューディアを不憫に思ったのか、アンブロシウスは優しい手つきで頬を撫でてくれた。

リューディアはその手に頬を擦り付けて、精一杯の笑みを浮かべる。

「……いいえ。大丈夫です……大丈夫ですから……」

続けてください、とアンブロシウスに向かって両手を差し出した。

アンブロシウスは嬉しそうに目を細めると、リューディアの手を握ってくれる。

「リューディアは本当に可愛いね」

体を倒して肌を重ね、両手をしっかりと握り合う。そしてアンブロシウスは自分の唇でリューディアの口を塞いだ。

同時に、ぐぐっと熱い猛りが膣内を分け入ってきた。

「んん……っ」

口を塞がれている苦しさと、大きな異物がねじ込まれた痛みで、リューディアのこめかみから涙が伝い落ちる。

けれど、アンブロシウスはすべて収めた後すぐには動かないでくれたので、だんだん痛みが薄らいでいった。

快感を煽るような口づけを続けられ、苦痛が愉悦へとすり替わっていく。

「動くよ。大丈夫かい？」

キスの合間に、アンブロシウスは囁くように言った。リューディアは、今度は無理のない笑顔で頷く。

アンブロシウスがそろそろと動き出すと、やはり痛みは襲ってきた。けれどそれ以上に幸福感で胸がいっぱいになった。

好きな人と触れ合うのは、なんて気持ちが良くて素敵なことなのだろう。

リューディアは繋いだ手に力を込めた。するとアンブロシウスは少し上体を起こしてリューディアを見つめてくる。

「まだ痛い？」

「……幸せです」

素直な気持ちを告げると、アンブロシウスは困った顔で動きを速くした。

中を擦られる度に、痛みではない何かが体の奥底から湧き出してくる。性急に押し上げられた快感とは違う甘美なそれは、ゆっくりと全身に行き渡っていった。

その満ち足りた気持ち良さで、太ももが小さく痙攣し始める。

「……ふぅん……あ、んぁ……」

零れ出る声にも甘いものが混じり、リューディアはアンブロシウスに口づけをねだった。

噛みつくように唇を重ねてきたアンブロシウスに応えるように、リューディアも彼の唇を食む。

「……ん、リュー、ディア……！」

唇を貪り合いながら、アンブロシウスは何度もリューディアの名を呼んだ。

アンブロシウスと愛し合って、繋がって、快感を与え合う。なんて幸せなのだろう。

「……あぁぁ、ふ……ぁんん……!!」

「も、出すよ、リューディア……!!」

アンブロシウスの掠れた声を聞きながら、リューディアは快感の絶頂へと駆け上がっていく。

力強く何度も腰を打ち付けられて、繋がった部分から激しく水音が鳴った。足先がぴんと伸びて、全身に力が入る。

「……っ……あっ……!!」

「……くっ……!!」

二人は同時に絶頂の声を上げた。

そして一瞬意識が飛んだ直後、体の奥に熱いものが注ぎ込まれたのを感じ、膣内が勝手にびくびくと動いた。

アンブロシウスは荒い呼吸を繰り返しながら、すべてを注ぎ込むように腰を動かす。その動きにリューディアは眉を寄せた。

体の痙攣が止まらないほどの快感を得て、生理的な涙が溢れ出る。

リューディアは繋いだ手を解いてアンブロシウスに抱き着いた。すぐに抱き返してくれるのが嬉しかった。

彼の体温を感じて。彼の欲望を感じて。彼の愛を感じて。リューディアはその充足感にうっとりと身を委ねる。

アンブロシウスに名前を呼ばれるだけで、ここに在っていいのだと思える。

こんなに幸せでいいのかと、怖くなるくらいだ。

幸せで、幸せ過ぎて、この幸せがいつまで続くのかと考えてしまう。

どうか、一生続いてくれますように。

そう強く願って、リューディアはアンブロシウスの肩に額を押し付けた。

八章

　二週間後。

　アンブロシウスは執務室で書類に目を通しながら、何日か前のリューディアの乱れた姿を思い出して口元を緩めた。

「顔が緩んでいますよ」

　バートに指摘されてきゅっと口を引き結んだが、それがへの字に曲がる。

「顔くらい好きにさせてくれ」

　不満を露わにするが、バートはこちらを見もせずに書類をぺらぺらと捲りながら言った。

「まだやらなければいけないことがあるでしょう。気を緩めないでくださいね」

「分かっている。そのせいで最近リューディアといちゃいちゃできていないから、思い出して心を慰めるしかないんだよ」

片づけなければならない仕事のために、最近禁欲までしているのだ。忙しくてリューディアとゆっくり話すこともできず、新婚なのにバタバタしている。

「すべて終わったら、休暇をもらって思う存分いちゃいちゃすればいいですよ。それより今はこっちに集中してください。はい、報告書です」

バートは読んでいた書類を机の上に置いた。それに目を通し、アンブロシウスは眉を寄せる。

「やっぱりリューディアの呪いは作られたものである可能性が高いな。彼女にも言ったが、考え方によってどうとでもとれるものがほとんどだ」

「しかし、そうとも言い切れないものもいくつかありますよ」

書類の何カ所かを指さしたバートに、アンブロシウスはため息交じりに答える。

「偶然に起きた出来事をすべて呪いの王女のせいにしたに過ぎないだろう。それを繰り返せば、呪いの数が膨大になる」

「まるであなたみたいですね。幸運の王子も、直接関わりのない幸運まであなたのおかげになっている。正反対なのに原理は一緒なんて、その名称自体が呪いのような気もしますけど……」

そこまで言って、バートは気遣うような目でこちらを見た。

幸運の王子として振る舞うアンブロシウスをバートが心配してくれているのは分かって

いる。彼がいなければその重圧に耐えきれなかったかもしれない。

でも、アンブロシウスには支えてくれるバートや家族がいるのだ。だから、リューディアの支えにはアンブロシウスがなりたい。

「僕は好きでやっているからいいんだ。でも、リューディアは違うだろう？」

「そうですね。早く解放してさしあげないと」

もっともなバートの言葉に、アンブロシウスは頷くことができなかった。

「解放か……」

小さく呟き、アンブロシウスの腕の中で幸せそうに笑うリューディアの顔を思い浮かべて目を瞑った。

❀　❀　❀

アンブロシウスと結婚してから、良いことばかり起こっている気がする。

リューディアは、散歩中に偶然会った料理長からもらった焼き菓子を、部屋に戻ってからひとつ口の中に入れた。

ふわりとした上品な甘さが口いっぱいに広がり幸せな気分になる。美味しいものを食べた時にもこんなに心が弾むものなのだとここに来てから知った。

「リューディア様、最近お肌の艶《つや》が素晴らしいですね」

ラウラとイグナートにもお菓子をお裾分けしていると、それを受け取りながらラウラが褒めてくれた。

「そうかしら？」

自分では違いが分からないので、頬に触れながら首を傾げる。

「ふふ。心が充実している証拠ですよ。それに、ますますお美しくなられて……」

ラウラは、姉のような温かい眼差しで微笑んだ。

「本当に？　それは嬉しいわ」

この国の女性は自信に満ち溢れた美人ばかりなので、アンブロシウスの横に立っても見劣りしないように、彼女たちに少しでも近づきたいと思っていた。

「本当ですよ。イグナートもそう思うわよね？」

後ろにいるイグナートに向かってラウラは同意を求めた。すると彼は、少し目を細めて頷く。

「はい。これまでもお綺麗でしたが、最近はますますお美しいです」

二人に褒められるとお世辞でも嬉しい。

「ありがとう」

ラウラとイグナートには本当に感謝している。二人がいなければこうやって笑っていられなかった。

様々な思いを込めた『ありがとう』に、二人は優しく微笑んでくれた。

リューディアにとって彼らは家族のようなものだ。いつも一緒にいて、いつも気にかけてくれる。

それが仕事だと分かっていても、リューディアにとっての心の支えになっているのは確かだった。

最近では、リューディアも彼らとの距離を縮めたいと思うようになって、この三人でお菓子を食べてお茶を飲むようになった。イグナートは頑なにソファーには座ってくれないが、三人だけの時は一緒にお茶を飲んでほしいというリューディアのわがままを叶えてくれただけでも嬉しい。

イグナートに比べればラウラは遠慮がなかった。さすがにリューディアの隣に座ったりはしないが、少し離れた場所にある椅子に腰かけてお茶を飲みながら話を盛り上げてくれる。

そして今日も、ラウラらしい開けっぴろげな話題が飛び出した。

「やっぱり、行ってきますのキスは大事ですね。リューディア様たちを見ていると、こういう日々の積み重ねが夫婦の仲を深めていくのだと実感させられます」

リューディアはもともと口数が多いほうではないので、いつもラウラの話をうんうんと頷いて聞いている。

けれどアンブロシウスとのことを話題にされると、頬がぽっと赤くなってしまうのは止められなかった。

「夜のほうも充実なさっているようで何よりです」

ベッドメイクをしてくれているラウラにはすべてお見通しであるとは分かっているが、こういう話題にはどんな顔をしていいのか戸惑う。

微笑みの表情のまま固まっているリューディアに気づかず、ラウラは「あ」と声を上げた。

「でも、ここ何日かはリューディア様も早く起きていらっしゃいますね」

ラウラの指摘に、リューディアは苦笑した。

夜の営みが盛んな時は、リューディアは昼近くまでベッドから出られない。しかしここ数日はアンブロシウスと一緒に起きることができていた。

「アンブロシウス様は最近お忙しいみたいで……」

だから、数日間何もせずに眠るだけだった。それはそれで心休まるものである。

誰かと一緒に寝て安眠できるということも、アンブロシウスが教えてくれた。

「あ、それでちょっとご無沙汰なのですね？」

「ラウラ、口が過ぎるぞ」

ずばりと言ったラウラをすぐさまイグナートが咎めた。視線で叱られたラウラは、途端にしゅんとする。

「申し訳ございません。リューディア様がお幸せそうなのが嬉しくてつい出過ぎたことを申しました」

ラウラはいつもリューディアの幸せを自分のことのように喜んでくれる。それが分かっているので、少しも不愉快には感じなかった。

「いいのよ、ラウラ。私がこういう話ができるのはラウラとイグナートだけだもの」

そう言うと、ラウラはぱっと目を輝かせて、今度は流行っている服やお菓子のことを詳しく聞かせてくれる。人懐っこいラウラはこの城の使用人たちとも仲良くしているようで、様々な話題を仕入れてくるのだ。

「――それで、幽霊が出るなんて噂がたってからその娘がニンニクを持ち歩くようにしたらしいんです。そうしたら幽霊騒ぎがぴたりとやんで。だからこの城では今ニンニクブームなんですよ。匂うからやめてほしいですよね。……あ、そういえば、その話のついでにアンブロシウス様の話も聞いてきました」

貴族の愛憎劇から城の七不思議まで夢中でしゃべっていたラウラは、ふと思い出したように言った。

「アンブロシウス様の？」

それは興味深い、とリューディアは身を乗り出した。するとラウラは、にやにやしながら教えてくれる。

「アンブロシウス様が昔、国王に連れられてどこかの国のパーティーに行った時のことなんですけど、そこで初めてこの世には慎ましやかな女性がいると知ったそうなのです。この国の女性はほら少し気が強くていらっしゃるから、女性とは強いものだと思って育ったらしくて……。それからアンブロシウス様の好みのタイプが〝奥ゆかしい女性〟になったそうですよ」

「まあ……」

確かに、この国の女性に奥ゆかしいという言葉は似合わない気がする。

「奥ゆかしいリューディア様と、奥ゆかしい女性が好みのアンブロシウス様は出逢うべくして出逢ったというわけですね」

ふふ、とラウラは楽しそうに笑う。

自分が奥ゆかしいかどうかは分からないが、そう言ってもらえると素直に嬉しい。

リューディアはカップをテーブルに置き、ラウラにつられて笑みを浮かべた。

「あ、もうお湯がありませんでしたね！　すぐにもらってまいります」

カップが空になっていることに気づいたラウラは、素早くポットを手に取って立ち上がった。

そんなに急ぐことはないのにと思うのだが、こういう行動力が彼女の長所だと思う。きびきびとした動きで部屋を出て行ったラウラを見送っていると、いつの間にかソファーの後ろに立っていたイグナートが静かに言った。

「リューディア様は、今お幸せですか？」

改めて訊かれたことを不思議に思ったが、リューディアは微笑んで大きく頷く。

「ええ、幸せだわ。私、こんなに幸せだと思ったのは初めてよ。呪いも気にならなくなったから、ラウラとイグナートとも前よりもっと仲良くなれたもの。アンブロシウス様のおかげだわ」

夫婦になってからも、ラウラとイグナートが傍にいることを許してくれたアンブロシウスには感謝してもしきれない。妻には自分の信頼する部下をつけることもあるというのに、自国から連れて来た二人を今まで通りリューディアの傍に置いてくれている。

「そうですか。最近のリューディア様はお幸せそうで俺も嬉しいです。俺とラウラだけでは、そんな笑顔は見られませんでしたから。幸運の王子のおかげで呪いもなくなったのだとしたら、本当に……良かったです」

安心したような、寂しいような、複雑な表情でイグナートは笑った。しかしすぐに真面目な顔に戻って続ける。

「ですが、もしこの先逃げ出したくなった時は遠慮なく言ってください。その時は絶対に俺が安全な場所に連れて行きますから」

冗談なのか本気なのか分からないいつもの平坦な口調なのに、彼が本気で言っているのだと分かった。

「……分かったわ」

リューディアは真剣に答える。

アンブロシウスがいる限り、ここから逃げ出したいなんて思わないはずだ。そんな時は来ないほうがいいのだ。

リューディアの返事を聞いたイグナートは、すぐに扉の前に戻った。

イグナートは常にリューディアのために行動してくれている。だから今の確認作業のような質問も何か意味があったのだろう。

でも……とリューディアは心の中でため息を吐いた。

ラウラは自国に婚約者が待っているし、イグナートも故郷に体の弱い妹がいるのだ。だからそのうち、二人をルーヴァル国に帰さなければならないと思っていた。きっと二人はリューディアの傍にいると言ってくれるだろう。でもそれでは駄目なのだ。

リューディアのために他の人を疎かにしてほしくないし、二人には幸せになってほしい。

ラウラだけでなく、イグナートも誰か良い人と結婚してもらいたいという願望もある。

彼らの幸せに、リューディアが足枷になってはならないのだ。

アンブロシウスに相談して、彼らの代わりになる人を選んでもらおう。まだ先のことかもしれないが、肝に銘じておかなければいつまでもずるずると彼らの優しさに甘えてしまう。

けれど、その時が来たらリューディアは泣いてしまうだろう。

それだけはどうか許してほしいと思った。


数日後。

その日は、アンブロシウスが夜通し仕事ということで一緒に眠れなかったため、なんだか心細くてリューディアはいつもより早く目覚めた。

まだ夜が明けていなかったので、もう一度眠ろうと無理やり目を瞑る。

最近、アンブロシウスと夜の営みどころか一緒に眠れてもいない。夜遅くまで仕事の時は、リューディアを起こしたら可哀想だからと、彼は夫婦の寝室には来ず自室で睡眠をとっているようだった。

一人で寝るのは当たり前だったのに、アンブロシウスの体温を知ってしまった今は人肌がないと心も体もひんやりとする。

——寂しい。

アンブロシウスのことを考えていたら、いつの間にか陽が高く昇っていた。

リューディアはもそもそと起き出し、寝所から隣の私室へ繋がっている扉のノブに手をかけた。しかし、開けようとする前に隣からラウラの声が聞こえて、思わず動きを止める。

「リューディア様はいらっしゃらないわよね？」

ここにいると言えなかったのは、ラウラの声色が普段とは違って緊迫していたからだ。

「ああ。まだお休みになられている」

答えたのはイグナートだった。

「そう。良かったわ。リューディア様がいる前では話せないことなの。イグナート、私……」

「どうした？」

イグナートの鋭い口調からも、ラウラがよほど思い詰めた表情であろうことが分かる。

どうしたのだろうか。何があったのだろう。

今すぐにでも話を聞いてあげたかったが、リューディアには話せないことならここから出るわけにはいかない。

聞いていてもいいものかと良心が咎めたが、ラウラがこんなふうにつらそうな声を出すのは初めてなので気になって仕方がなかった。

助けになりたい。心からそう思っている。

申し訳ないと思いつつも意識を扉の向こうに集中させた。

「私……アンブロシウス様の寝所に呼ばれたの……」

耳を疑う内容だった。

リューディアは息を詰め、思わず夜着の胸元をぎゅっと摑んだ。

「なんだと……!?　それは本当か!?」

イグナートの驚きは、リューディアの心情と同じである。

アンブロシウスが、ラウラを寝所に呼んだ。それは、ラウラに手を付ける、もしくは側室にするということだろうか。

王族なら側室がいて当たり前という風潮だが、リューディアの父もこの国の王も側室を持っていないので、そういう制度があるということを失念していた。

他の国の王族は使用人の中に気に入った女性がいれば寝所に呼ぶこともあるらしいが、まさかアンブロシウスがラウラに目をつけていたとは思わなかった。

「私もまさかと思ったわ。リューディア様とうまくいっていたのにそんなわけはないと疑ったのよ。でも、あの口ぶりは……」

ラウラは相当動揺しているらしく、声が震えていた。

リューディアはふうっと大きく息を吐き出して自分を落ち着ける。

聞かなかったことにしてしまいたいけれど、これはリューディアにも関係がある話だ。

それに、自分に尽くしてくれている侍女を守るのは主人の仕事でもある。

——こういう時は話を聞く側が落ち着いていないといけないのだから、冷静に。冷静になるのよ。

そう何度も自分に言い聞かせ、思い切って扉を開けた。

「話は聞いたわ」

これが自分の声かと疑うほど低い声が出た。驚いたように振り向いたラウラとイグナートに、リューディアは安心させるように微笑んで見せる。

「リューディア様……！」

今にも泣きそうな顔で、ラウラはリューディアの名を呼んだ。

話を知られたくなかったのだろう。彼女はつらそうに顔を伏せる。

「ラウラ、大丈夫？」

大丈夫ではないのは一目瞭然《りょうぜん》だ。しかし、他にかける言葉が見つからなかった。

ラウラには国に婚約者がいるというのに、主の夫に寝所へ誘われたのだ。彼女の立場で断るのは難しい。

「大丈夫じゃないのはリューディア様ではないですか」

こんな時でもリューディアを気遣ってくれるのか。ラウラはぽろりと涙を流してリューディアの手をとった。

ショックで氷のように冷たくなっているリューディアの手を、ラウラは温かなそれで包んでくれる。

「あの男、リューディア様だけでは満足できず、ラウラにまで手を出そうとするなんて、最低だ……！」

イグナートが怒り心頭という様子で吐き捨てるように言って、踵を返した。アンブロシウスのところへ行こうとしているのだろう。

「待って、イグナート。きっと何か事情があると思うの」

「ですが、リューディア様！」

めずらしく声を荒らげるイグナートに、行かないでほしいと目で訴える。

「私が悪いのよ」

最近、仕事が忙しいという理由で彼とあまり一緒にいられなかったが、もしかしたら仕事が理由ではなかったのかもしれない。

アンブロシウスはきっとリューディアでは満足できなかったのだ。

そう考えてから、本人に理由も聞かずに決めつける自分が嫌になった。これではメーリの時の二の舞ではないか。

「リューディア様は決して悪くありません」

イグナートがそう言うと、ラウラも大きく頷いた。

「そうですとも。リューディア様が悪いわけないです。絶対に」

ラウラとイグナートは、いつも味方をしてくれる。

「二人とも、ありがとう」

感謝を口にしたが、もう笑うことはできなかった。

強張ってしまう顔を見られたくなくて、握っていたラウラの手をそっと放して背中を向ける。

するとラウラが、きっぱりとした口調で宣言した。

「処罰を受けるとしても私は決してアンブロシウス様の寝所には行きません。もしかしたら勘違いかもしれませんし、リューディア様が気に病むことではありませんよ」

自分も取り乱していたというのにリューディアを元気づけようとしてくれるラウラに、なるべく平静を装って頷いた。

「ええ。そうね」

勘違いならいい。

アンブロシウスの心が自分から離れてしまったのかもしれないと考えたら、胸が張り裂けそうだった。

結婚してまだ日も浅いのに、そう簡単に気持ちが変わってしまうものだろうか。リューディアに幸せを教えてくれたアンブロシウスが、そんな不誠実な男性だったとは思いたくなかった。

——きっと何か理由があるのだわ。

そう自分に言い聞かせ、リューディアはじっと窓の外を見つめた。

❀❀❀

その夜。

アンブロシウスは夫婦の寝所ではなく、私室のベッドに横になっていた。

今日も一緒に寝られないことをバートからリューディアに伝えてもらったが、彼女はあっさりとそれを承諾したと聞き、少しがっかりしている。

ここ数日、まともにリューディアと話せていない。

彼女は今何を考えているだろうか。会えないのはアンブロシウスの仕事が忙しいからだと素直に信じているだろうか。

ふうっとため息を吐いて、アンブロシウスは額に手を当てた。

その時、音もなく扉が開いた。

するりと部屋の中に入ってきた人物に、アンブロシウスは上体を起こしてにっこりと微笑みかけた。

「やあ、待っていたよ」

王子の寝所に入るのを周りの人間に見られないためか、その人物は頭からすっぽりとショールを被っていた。

枕元にあるランプの光だけが、ゆらりと部屋の中を照らしている。薄暗い中で、ショールをとることもなくその人物はベッドに近づいて来た。

「ラウラではないね」

ベッド脇に立ったその人物を見て、アンブロシウスはすっと笑みを消す。

足もとも見づらい暗さで淀みなく近づいて来られたことがその証明だ。それに、ラウラとは骨格も動きも違う。

相手は返事をしなかった。黙ってそこに立っている。

「いいんだ。最初から彼女に来てほしかったわけじゃない」

言いながら、アンブロシウスは枕の下に手を入れた。次の瞬間、ショールがばっと宙に舞ってアンブロシウスの視界を遮った。

一瞬きらりと何かが光る。それを枕の下に隠していた剣で素早く弾いた。

カラン……と金属が床に落ちる音を聞き、弾いたのは短剣だったのだと知った。

「来ると思っていたよ。イグナート」

憎々しげな顔をしている相手を見て、アンブロシウスはにやりと笑った。

「僕を殺しに来たんだよね」

射殺しそうな目でアンブロシウスを睨んでいるイグナートに、視線だけで彼の背後を示す。

気配を消して隠れていたバートが、今のやりとりの間にイグナートの背後に回っていたため、イグナートが動こうとした瞬間には、首筋に剣を当てていた。

イグナートよりもバートのほうが一枚上手だということだ。イグナートはルーヴァル国では精鋭だったかもしれないが、実戦経験の多いバートのほうが格上である。

「僕はなぜ殺されるんだろうか？」

首を傾げて問うと、イグナートはやっと声を発した。

「リューディア様を裏切ってラウラにまで手を出そうとしたからだ……！」

怒っているせいか、低く感情的な声だった。

アンブロシウスは彼の怒りを煽るように肩を竦める。

「手を出す気なんてまったくないんだけどね」

「だったら、なぜ寝所に呼んだ!?　不貞《ふてい》を働くつもりだと考えて当然だろう!!」

即座に怒鳴られたが、それを無視してどうしても知りたかったことを問う。

「リューディアは悲しんでいた?」

何よりもこれが知りたかった。彼女がどう思ったかが一番重要だった。

「ショックを受けていらした!!　きっと今は一人で泣いていらっしゃる!!」

イグナートが言い終わる前に、アンブロシウスはベッドから下りた。

「ああ、やっぱり……。僕がリューディア以外に興味があるはずないのに。バート、僕はちょっとリューディアのところに誤解を解きに行くから……」

そのまま扉へ向かおうとすると、素早く腕を摑まれた。

「駄目です。アンブロシウス様」

無慈悲にも、バートはがっしりとアンブロシウスの腕を摑んで放さない。

「リューディアは僕が浮気をしようとしたと誤解して悲しんでいるんだよ。早く行って慰めないと可哀想だろう」

だから行かせてくれと訴えるが、強い力でぐんっと元の位置に戻されてしまう。アンブロシウスはいまだバートに勝てたことがなかった。

「全部終わってからなら行ってもいいです。何のために何日もかけて罠を仕掛けたと思っているのですか。ラウラ殿をわざわざ意味ありげに寝所に呼んだのは誤解させるためでしょう」

　そうなのだ。

　いかにも夜の相手をするようにという口ぶりでラウラを寝所に呼んだのはアンブロシウス自身だ。

　リューディアに興味がなくなったフリをして誤解させ、目的の人物であるイグナートを誘《おび》き出す作戦だった。

　万が一ラウラが来た場合はイグナートのことを聞き出そうと思っていたが、彼女は来ないだろうと確信にも近い自信があった。

　ラウラはリューディアのことを一番に考えている。だからリューディアを裏切るようなことは絶対にしないと思ったのだ。

「こうして目的の人物が罠にかかってくれたのですよ。あなたにはやることがあるでしょう。そうやって愚図《ぐず》っている時間も惜しいと思いますけど」

　そのとおりだ。さっさと終わらせてリューディアのもとへ行こう。

　アンブロシウスは気持ちを切り替え、イグナートと対峙した。

　ラウラを寝所に誘ったのは本気ではなかったと分かったせいか、先程までの怒りは鳴りを潜め、彼は静かにアンブロシウスを見つめ返してきた。

「イグナート、僕は知っていたよ。僕の怪我は全部君が仕組んだことだってね。結婚式以降はなぜかぴたりとやんでいたけど」

「何のことだか……」

分からないとは言わせない。

アンブロシウスは油が塗ってある鍛錬用のブーツを持ち上げて見せた。

「とぼけても無駄だよ。靴や服や棚に細工した跡が見つかったんだ。階段から落ちそうになったり、上から壺が落ちて来たのも、鳥を放ったのも君の仕業だろう。この前は馬にも何かしたんだよね」

アンブロシウスが毎日のように大なり小なりの怪我をする災難に見舞われたことも、鍛錬時にしか履かないブーツの底を滑りやすくしたのも、先日の落馬もすべてイグナートが何かしたに違いないと考えていた。

「他にも証拠や目撃証言はとれているんだ。言い逃れはできないよ。僕に怪我をさせようとしていたね。それと、リューディアが僕の寝所に来たことをメーリに教えたのも君だね？　メーリを使ってリューディアの気持ちを僕から引き離したかったのかな？」

早くリューディアのところに行きたくて、アンブロシウスは矢継ぎ早に言った。

ブーツを置き、イグナートをじっと見る。

寝所でリューディアを襲った翌日に殺気を飛ばされたのは、アンブロシウスが彼女にしたことを知っていたからだろう。

護衛であるイグナートがリューディアについていないはずはないと思っていた。落馬後にリューディアが寝所に来た時、彼女が悲鳴でも上げていたら、イグナートが部屋に押し入って来たかもしれない。

リューディアを守ることが仕事とはいえ、彼女が助けを求める相手がイグナートだと思うと面白くなかった。

「あの女のことはそのとおりだ。だが、あんたの怪我は全部が俺のせいじゃない」

メーリを仕向けたと認めたイグナートを殴りたい気分だったが、怪我のことを否定されて意識がそちらに向いた。

「全部じゃないって……共犯がいるのかい？　ラウラとか？」

ラウラの名前を出した途端、イグナートはむっとしたようだった。

「違う。ラウラはそんなことはしない。むしろ、彼女はこの件があるまではあんたを高く評価していた」

「ああ、そうなんだ。それは嬉しいな」

ラウラが共犯ではないとすると、他に誰がいるのだろうか。

首を捻るアンブロシウスに、イグナートは小馬鹿にしたような眼差しを寄越した。

「全部が全部、俺の仕業ではないと言ったんだ。落馬はあんたの不注意だ」

思いがけない言葉に、アンブロシウスは大きく目を見開く。

「え！　落馬させようと吹き矢とか使ったんじゃないのか!?」

「使っていない。あの時はリューディア様の傍にいた」

きっぱりとした口調でイグナートは言った。嘘をついている様子はない。

「…………」

変な空気になった。沈黙がつらい。

「あれは、アンブロシウス様が油断した結果ということですね。まあ、浮かれていたようでしたから、そういうこともあるでしょう」

気まずい雰囲気だというのに、バートは空気を読まずに半笑いで事実をつきつけてきた。

バートとイグナートの嘲笑が聞こえてくるようで、アンブロシウスは少しの間遠くを見つめた。そして気を取り直して彼らに向き直る。

「ここからが本題だ」

バートの言葉は聞かなかったことにして、アンブロシウスは低い声で告げた。

二人の視線が痛いが気にしない。

アンブロシウスは愛しいリューディアの顔を思い浮かべ、イグナートをきっと睨みつけた。

「リューディアが『呪いの王女』と呼ばれているのは、君のせいなんだろう？」

そう。これが本題だ。

表情を動かさないイグナートから目を離さず、アンブロシウスは続ける。

「最初からおかしいとは思っていたんだ。君たちが来てから僕は怪我が多くなった。僕は幸運の王子と呼ばれているが、これまでまったく怪我がなかったわけでもない。元来、僕は少し注意力が散漫なところがあるからな。だが、最近の怪我は僕の不注意のせいだけではない。明らかに誰かの悪意によるものだ。これまでずっと、リューディアに近づく人間に同じことをしていたんだろう？」

アンブロシウスは怪我することに甘んじていたわけではない。きちんと自分でも観察をしていたし、周辺に目を光らせるようにバートに指示をした。

それで人為的なものだと分かったのだ。

そしてそこから『呪いの王女』は誰かの何らかの意図により作り上げられたものだと思い至り、証拠集めに奔走してきた。

この数日は、結婚式前にルーヴァル国へ送った調査隊からの報告を受けたり、裏付けのための調査で忙しかった。そして調べれば調べるほど、イグナートは黒だった。

そんな事情があり、イグナートの行動にばかり気をとられていたせいで、メーリのことなど頭になかったのだ。このことは一生の不覚としてアンブロシウスの記憶に残るだろう。

くやしい気持ちを押し殺し、アンブロシウスはイグナートが口を開くのを待った。

「リューディア様の傍には、リューディア様に相応しい人間しかいらない。害のあるやつらを排除しただけだ」

　意外にもあっさりとイグナートは白状した。アンブロシウスに刃を向けた時点で、もう自分はただでは済まないと分かっているのだろう。

「僕のことも排除しようとしていたのかな？」

　問うと、当然だろうという顔で睨まれた。

「……最初はそうしようと思った。だがリューディア様があんたを気にしているようだったから、その幸運がどれほどのものか試させてもらった。結局、あんた相手だといつものようにいかなかった。幸運の王子と呼ばれているだけあって、本当に運が良い」

　吐き捨てるように言われ、アンブロシウスはふふんと胸を張る。

「僕は運動神経も良いんだ。反射神経なら君にも劣らないと思う」

「…………」

　その自画自賛には、凍えるような眼差しが返ってきた。アンブロシウスは肩を竦める。

「君のやっていたことはルーヴァル国王も気づいていただろうけど、王女に仇なす者を排除していることには違いないから目を瞑っていたんだろうね。君を捕らえたところで、『呪いの王女』の噂はなかなか収まらないだろうし。リューディアを国外に出したのは、そろそろ彼女を君の呪縛から解き放したかったのかな。ルーヴァル国王は、僕を……というかグレンベリア国王をよほど信頼しているらしい」

そうでないと、大事な娘の運命を委ねたりしないだろう。その判断は正しかったと言える。

父も、アンブロシウスならやれると思ったから引き受けたに違いない。

アンブロシウスはうんうんと頷いてから、「ああ、そういえば」とぽんと手を打つ。

「メーリが馬車で事故に遭ったと聞いたよ。命に別条はないみたいだけど……あれも君がやったのか？」

「あの女はリューディア様をひどく傷つけた。本当なら二度と立ち上がれなくしてやってもいいほどの罪だ」

ぎりぎりと奥歯を噛み締め、イグナートは怒りを露わにした。

彼はずっとリューディアと一緒にいたので、メーリの暴言のひどさを目の当たりにしていたのだろう。

「まあ、そのことは別にいいんだ。僕も許せないと思っていたからね」

メーリは暴言を吐いてリューディアを傷つけたのだ。リューディアがどれだけつらかったかと思うと、こちらまで胸が痛くなる。

だから、彼女が怪我をしようがアンブロシウスにとってはどうでも良かった。むしろよくやったとイグナートを褒めてやりたい。

直接アンブロシウスが手を下さなかったのは、イグナートが必ずメーリに何かをすると思っていたからだ。メーリを見張らせておけば、自動的にイグナートの悪事の証拠も摑めて一石二鳥だった。

アンブロシウスはふっと笑みを浮かべる。

「君のことは詳しく調べさせてもらったよ」

「…………」

不審そうにイグナートが目を細めるのを、アンブロシウスは微笑みの表情のまま見つめる。

「君の妹はとっくに亡くなっているね。なぜそれを誰にも言っていないんだ？　君の故郷の人たちでさえ、治療のために遠くへ行っていると思っていたよ。事実を知っていたのは君の母親だけだった。母親に口止めしてまで、君は何がしたいのかな？」

それまで素直に話していたというのに、イグナートは突然口を閉ざした。

偵察隊が報せてきたその事実に、アンブロシウスは苛立たしい気分になったことを思い出す。

もしかしたらイグナートはリューディアに妹を重ねているのではないかと思ったのだ。

彼は妹の薬代を稼ぐために血の滲むような努力をして騎士になったという。きっと彼は自分の人生を妹に捧げていたのだ。そんな彼が、心の拠り所でもあっただろう妹を亡くして正気でいられただろうか。だが彼の近くにはリューディアがいた。リューディアを妹の代わりにすることで、なんとか正気を保っていられたのではないか。

呪いの王女の誕生はそのせいかもしれないとも思った。

「リューディアに妹を重ねていたんじゃないか？」

その問いかけにもイグナートは答えない。アンブロシウスは、強張っていくイグナートの顔を冷ややかに眺めた。

「君の執着はそれだけだとはとても思えないんだけどね。護衛になる前からいろいろと画策していたようだけど……もう妹が長くないと分かっていた君は、妹が生きているうちからリューディアを身代わりにする気だったんじゃないか？　その頃、リューディアの周りで偶然不運が重なっていたみたいだね。それを利用して、全部彼女のせいにしたのも君なんだろう？　それまでリューディアの不運は噂程度だったのに、君が護衛についてから本格的に『呪いの王女』と呼ばれ出したようだし」

アンブロシウスの言葉に、バートが小さく頷いた。

「当時、ルーヴァル国は地震や水害という自然災害に見舞われたという記録があります。その対応で慌ただしかった城内で事故が重なったようですね。その何件かに居合わせてしまったのがリューディア様というだけのことでしょう」

それを聞いて、イグナートは眉間にしわを寄せた。

「そうだ。リューディア様は悪いことが起きた現場にたまたま居合わせただけだ。それなのに誰かがリューディア様のせいだと言い始めて、周りの人間がリューディア様を避け始めた。俺がその原因を知った時にはもう、城内ではリューディア様は厄介者扱いだったんだ。噂は大きくなっていて、まるで生まれた時から不運を背負っているかのように言われていて……。俺は、都合の悪いことをまだ幼いリューディア様に押し付けたあいつらが許せなかった。あんなやつらをリューディア様に近づけたくなかった。だから、噂を利用しただけだ」

「噂を利用して、『呪いの王女』に仕立て上げたってことか。人々に避けられて傷ついていたリューディアをさらに孤立させて何がしたかった？」

「孤立させたかったわけじゃない……」

イグナートは視線を落としてぽつりと答えた。そして静かな口調で続ける。

「邪魔なものを排除していただけだ。そうしたら、残ったのが俺とラウラだけだった」

「邪魔なものを排除して、他の誰にも頼れないようにして手に入れるつもりだったのか？　いつまでも護衛騎士のままでいるつもりはなかったんだろう？」

なぜか話す気になったらしいイグナートに、アンブロシウスは質問を重ねる。するとイグナートは首を横に振った。

「……違う。俺は、リューディア様まで失くすのが怖かった。妹みたいにある日突然死んでしまわないように、害のあるものから護っていただけだ」

「リューディアを抱きたいと思っていたわけじゃないと？」

「俺は……！」

イグナートは叫ぶように声を発した。けれどアンブロシウスはぱんっと手を打ってそれを遮る。

「ああ、言わなくていいよ。僕以外の人間がリューディアに欲望を抱いているなんて許せないからね。言わないほうがいい」

最初から返事など期待していなかったのだ。ただ確認作業をしていただけだ。

アンブロシウスは下を向いて瞼を閉じる。そして次に顔を上げた時には、にっこりと無邪気な笑みを浮かべた。

「結局、君がどんなに頑張って周りの人間を排除してきても、リューディアが愛したのはこの僕だったね」

その言葉を聞いた途端、イグナートが気色ばんだ。

「っ……！」

イグナートは剣で首が斬れるのも構わずぐっと前に身を乗り出す。まだ殺すわけにはいけないと分かっているバートが思わず剣を引いたのを利用して、彼は素早く腰を落とした。

そのまま低い体勢で、目の前にいるアンブロシウスに殴りかかってくる。

思っていた以上に俊敏な動きに、反射神経だけを頼りに避けたが拳が頬を掠った。

「おっと……！　こんな不利な状況で僕に戦いを挑むのか？」

アンブロシウスはにやりと笑う。

イグナートは闘争心むき出しで睨んできた。どこかに武器を隠し持っているはずなのに、それを出すこともなく拳を握っている。

どうやら、負けてもいいからアンブロシウスを殴りたいらしい。

「いいよ。一対一の勝負といこうか。どちらがリューディアに相応しいか教えてあげるよ」

アンブロシウスも拳を握り、ちらりとバートを見る。

「手を出すなよ、バート」

「分かりました。ですが、武器を持った時点で私が加勢に入りますから」

それはイグナートへの忠告だろう。

自身も隠し武器をいろんなところに仕込んでいるからか、バートはイグナートがどこにどうやって武器を持っているのか分かるのかもしれない。

きっとバートなら、イグナートが武器を取り出す素振りを見せただけで容赦なく倒しにくるに違いない。そうならないことを祈ろう。

イグナートはアンブロシウスが倒さなければならない相手だ。

アンブロシウスは笑みを消してイグナートを見た。さすがと言うべきか、隙がない。

見つめ合ったのはほんの数秒だった。予備動作もなくイグナートが一気に距離を詰めてきて、素早く拳を繰り出してくる。

瞬時に半身をずらしてそれを避け、腕でイグナートの拳を弾いた。すかさず脇腹に狙いを定めて足を振り上げるが、簡単に腕でガードされてしまう。

訓練ではバート以外には負けなしのアンブロシウスだが、イグナートと拳を交わして気づく。実戦では確実にイグナートのほうが上だ。

それでも負ける気はしなかった。

目にもとまらぬ速さで繰り出される拳や蹴りを叩き落としながら、アンブロシウスも負けじと反撃する。

イグナートの突き出してきた腕を摑み取って力いっぱい引いた。こちらに傾いできた腹部に膝を打ち込む。

衝撃を軽減させるために、イグナートはさっと前屈みになった。その瞬間を逃さず、首の後ろに肘を振り下ろす。

がつっと音がして手応えもあったのに、イグナートは素早くしゃがみ込んだ体勢になってアンブロシウスの脛に回し蹴りを食らわせてきた。

立っているのがやっとというほどに痛いが、それを顔に出さずにすかさずイグナートの顔に蹴りをお返しする。

すぐにイグナートは機敏な動きで鳩尾《みぞおち》、頭と次々に蹴りを繰り出してくる。紙一重でそれを避け、跳ね返して後ろに飛びのいた。

そして、イグナートの右腕から繰り出された拳を自分の左腕で払い、そのまま懐に入り込んで胸を肘で突く。すぐに相手の拳が再び眼前に迫ってきたが、上体を反らして避け、振り上げた足で喉元に蹴りを叩き込んだ。

「……くっ……！」

渾身の蹴りをまともに食らったイグナートが呻き声を上げる。その隙に彼の利き腕を関節とは反対に捻った。

「うっ……!!」

呻き声と同時にぼきっと音がして、イグナートの腕がぶらんと下がる。

利き腕さえ使えなくすればアンブロシウスの圧勝だった。

アンブロシウスが勝利の笑みを浮かべると、痛みで顔をしかめながらもイグナートは憎々しげに睨んでくる。けれど、それ以上何か仕掛けてこようとはしなかった。

勝負は終わったと判断したバートが、イグナートの体を漁って武器をすべて奪うのを眺めながら、アンブロシウスは首を傾げた。

「これで分かってくれたかな？　君よりも僕のほうがリューディアに相応しいって」

「苦戦していましたけどね」

格好つけて言ったのに、バートの突っ込みで台無しになった。

アンブロシウスはバートの言葉は無視して、イグナートを笑顔で見下ろす。

「僕はこの強さと幸運と、それに権力でリューディアを護れる。君はどうかな？」

「…………」

小さな農村生まれのイグナートに権力なんてない。それが分かっていて口にするアンブロシウスは意地が悪いのかもしれないが、事実を言ったに過ぎない。

「これまで君はよくやってくれたと思っているよ。そのおかげでリューディアは僕のところに来てくれたんだからね。それに、僕がいるから呪いがなくなっていると思い込んでいる」

上機嫌のアンブロシウスに、イグナートは眉をひそめた。

お前のためにやったんじゃない、とその顔に書いてある。けれど、結果的にはアンブロシウスのためにもなっているのだ。

リューディアが呪いの王女でなかったら、幸運の王子のもとへ来ることはなかっただろうし、リューディアがここまでアンブロシウスに依存することもなかっただろう。

「イグナート、君には感謝している部分もあるんだ。だから選ばせてあげるよ」

アンブロシウスは二本の指を立てた。

「このままここで斬り殺されるか、僕の配下になるか。どっちがいい？」

どちらを選んでも構わなかった。選ばせるだけアンブロシウスは親切だと思っている。

「……他に選択肢は？」

そう言いながらも、イグナートの中ではもう決まっているように見えた。

アンブロシウスは「ない」と告げる。

「できれば僕は君を斬りたくない。でも、斬り殺されることを望むなら叶えてあげよう。僕は腕がいいから一瞬で済むよ。だてに副団長なんてしていないからね」

どちらかと言えば、格闘術より剣術のほうが得意なのだ。一瞬で首を撥《は》ねることだってできる。

けれど、遺体の処理は面倒だし、突然イグナートがいなくなったらリューディアが心配するだろうと思うとおすすめはしない。リューディアに悲しい顔はさせたくなかった。

だから選びやすいようにオプションをつけよう。

「もし配下になるほうを選ぶのなら、君には密偵になってもらう。バートと比べると力不足なのは否めないけど、これまでの実績を加味するとなかなかの能力だと思うからね。君は僕の手足になるんだ。与えた任務を遂行した場合のみ、リューディアに会わせてあげよう」

イグナートの眉がぴくりと動いたのを見て、アンブロシウスは間髪を容れずに選択を迫る。

「さあ、どっちを選ぶ？」

殺される未来か、いいように使われる未来か。どちらを選んでもイグナートに安息はないが、生き残っていればリューディアに会えるかもしれない、という希望は残る。

長い沈黙が続いた。

イグナートは苦悩しているようだったが、どちらを選ぶのかなんてアンブロシウスには分かっていた。

「……密偵になろう」

長考の末、イグナートはぼそりと答えた。

読み通りだ。彼は妹の死から立ち直るのにリューディアを身代わりにした。そういう人間は自分の中で物語を作って、その人生を生きようとする傾向にある。きっと彼は今、リューディアを護る正義の味方という役柄から、リューディアのために陰で奔走する侠客の役に変わった。そうやって生きていく人間だ。

アンブロシウスは内心ほくそ笑む。

「じゃあ、さっそく今夜から仕事をしてもらおうかな。もし僕を裏切ったら、その場で斬り捨てるからね」

アンブロシウスはベッドの上に置いてあった剣を取り、切っ先をイグナートの首筋に当てた。すっと軽く横に引くと、一筋の血が滲む。

何の感慨もなくそれを見つめながら、子どもに言い聞かせるように優しい声を出した。

「明日の朝、リューディアにちゃんと挨拶をするんだよ。急に君がいなくなったらいつまでも気にしそうだから。リューディアが他の男のことを考えるなんて、僕は許せないからね」

ね？　と微笑んで剣を鞘に納めるアンブロシウスに、イグナートは渋い顔で小さく頷いた。

イグナートは馬鹿ではない。彼にとって敵しかいないこの城から、武器を取り上げられた丸腰の状態で逃げ切れるとは思っていないだろう。

きっと明日は、腕が折れたことを悟られることなく、リューディアを心配させないようにうまい言い訳も考えてくれるはずだ。

それらを確信できるほど、イグナートのリューディアに対する忠誠心は認めている。

アンブロシウスは小さく息を吐き出した。

やっと、仕事が終わった。これで何の心配事もなくリューディアと一緒にいられる。

そう思って微笑んでいると、バートが不安そうにこちらを見てきた。

バートが何を懸念しているのかアンブロシウスは分かっている。以前彼に忠告されたことは忘れていなかった。

焦燥感でアンブロシウスが何をやらかすか分からない。

その言葉の意味はもう理解している。まさに今、アンブロシウスはやらかしてしまっているからだ。

リューディアを自分だけのリューディアにするために、アンブロシウスはイグナートを利用しようとしている。

愛するリューディアすら騙して、自分に縛り付けようとしている。

アンブロシウスはイグナートが被ってきたショールを拾い上げると、それを彼に手渡した。

「僕ならリューディアを幸せにしてあげられる。君にもそれは分かっているんじゃないかな？　現に僕のことは排除できなかっただろう？　幸運の王子の力は本物だよ」

胸を張って自信満々に告げるアンブロシウスに、イグナートはショールを握り締め、くやしそうに、けれど真剣な面持ちで頭を下げた。

「リューディア様をよろしくお願いします」

アンブロシウスは即座に言い返す。

「言われなくても幸せにするよ」

それがアンブロシウスの幸せなのだから。

だからそのために、リューディアの誤解を解きに今すぐ飛んで行かなければならない。

アンブロシウスが抱くのはこれまでもこの先もリューディアただ一人なのだと伝えて、

今夜こそしっかりと抱き合って眠ろう。

君は呪いの王女。

僕は幸運の王子。

君の呪いを抑えるためには、僕の幸運が必要だ。

だから君は僕と一緒にいなければならない。

たとえ、君の呪いなんて最初からなかったとしても。

どんな邪魔が入ろうとも絶対に離さない。

これからは、僕のために『呪いの王女』でいておくれ。

九章

翌朝。

リューディアとアンブロシウスが寝所を出ると、朝食を用意していたラウラとイグナートが晴れやかな表情で挨拶してくれた。

昨夜、夜遅くに夫婦の寝所に現れたアンブロシウスが、ラウラを呼んだのはある理由があったのだと説明をしてくれた。

『リューディアに内緒で贈り物をしたかったんだ。誤解させてしまったよね。本当にすまない』

そう言って謝ってくれたアンブロシウスをリューディアが許さないはずもなく、二人は仲良く抱き合って眠ったのだった。

ラウラの誤解もちゃんと解けているようで、昨夜はイグナートがラウラの代わりにアンブロシウスのもとへ行き、贈り物の話し合いをしたのだと教えてくれた。

穏やかな朝食を終え、食後の紅茶を飲んでいると、イグナートが「リューディア様」と声をかけてきた。

アンブロシウスと一緒にいる時に話すことはめずらしく、リューディアは驚きとともに彼を見上げる。

「どうしたの？」

驚いたのは話しかけてきたからだけではない。イグナートは大きな荷物を背負っていた。

「妹の病が悪化したと連絡があったので、突然で申し訳ないのですがお暇をいただきたいのです」

申し訳なさそうに言った彼に、リューディアは目を見開いた。

「まあ。それならすぐに行ってあげて」

「お傍にいられなくなり、申し訳ございません。代わりの者はアンブロシウス様にお任せしましたので」

深く腰を折ったイグナートの挨拶をまるで今生の別れのように感じてしまい、リューディアは慌ててその考えを振り払う。

「いいのよ。私のことより妹さんのほうが大事だわ。気をつけて帰ってちょうだいね」

「はい」

返事をしてすぐに扉に向かったイグナートを追おうとすると、「ここまでで結構です」と言われてしまった。

「イグナート、また会えるわよね？」

見送るのさえ断られて、そんな言葉が口をついて出た。するとイグナートはにっこりと微笑んで頷く。

「もちろんです」

力強い返事に安堵した。

リューディアは微笑んで小さく手を振った。

「いってらっしゃい、イグナート」

扉の外で、イグナートはもう一度腰を折った。

「お元気で、リューディア様」

イグナートが顔を上げる前にぱたんと扉が閉まる。

馬車まで見送るつもりらしいラウラも扉の向こうに消えると、アンブロシウスが後ろからふわりとリューディアを抱きしめてきた。

「イグナートがいなくなって寂しいかい？」

耳元で囁かれ、くすぐったさに肩を竦める。

「はい。でも彼は妹のことをとても大事にしていますから。傍にいてあげてほしいです」

「そうだね。僕もそう思うよ」

同意しながら、アンブロシウスはぺろりとリューディアの耳を舐めた。ぴくっと体が反応してしまうのは、彼がそういう体にしたからだ。

「今日は休みなんだ」

笑いを含んだ声に、リューディアにも笑みが零れる。

「そうなのですか？」

それなら、ずっと一緒にいられるのだろうか。

期待を込めて背後のアンブロシウスの顔を振り仰ぐと、彼は嬉しそうに目を細めていた。

「最近忙しかったからね。やっと休める」

「では、ゆっくりとお休みください」

夜通し仕事だった日もあるのだ。今日は時間を気にしないで休んでほしい。

「うん」

素直に頷いたアンブロシウスは、ひょいっとリューディアを抱き上げた。

きょとんとしているリューディアに、ちゅっとキスを落としてアンブロシウスは甘く囁いてきた。

「朝食をとって体力も戻ったし……ね？」

アンブロシウスが言っている意味が分かり、リューディアは頬を染める。

朝からそういう行為をすることに多少の抵抗はあるが、求められるのは嬉しい。リューディアでは満足できなかったのだと誤解した後なので、余計に喜ばしかった。

このまま寝所に行くのかと思ったが、アンブロシウスはリューディアを抱き上げたままソファーに座った。

アンブロシウスに背を預けて膝の上にのるかたちになり、子どものようで気恥ずかしくなる。

「やっと……本当の意味で君と夫婦になれた気がするよ」

リューディアを後ろから抱きしめたアンブロシウスは、髪の毛に頬を擦り付けながら満足そうに囁いた。

「本当の意味で、ですか？」

どういう意味だろうと首を傾げると、アンブロシウスが小さく笑った気配がした。

「片づけなくてはいけない仕事が終わったんだ。だからこれからやっとリューディアとの夫婦生活を満喫できる」

「ここ数日大変そうでしたものね。お疲れ様です」

一仕事終えたからだろうか。アンブロシウスの口調がとても楽しそうだ。

「もう多分、めったに帰りが夜遅くなることもないし、夜もちゃんと君と過ごせるよ。寂しい思いをさせてすまなかったね」

だった。

「……嬉しいです」

会えない日が続いて寂しかったけれど、これからは一緒に過ごせると思うととても幸せ

リューディアは、腹部に回されているアンブロシウスの腕にそっと手を添えた。背中から抱きしめられていると、全身を包み込まれているような気がして安心する。

「僕も嬉しいよ、本当に」

言いながら、アンブロシウスは首筋に口づけてきた。彼の手は腰から脇腹へゆっくりと移動していき、胸を下から持ち上げるようにして撫で上げる。

リューディアは夜着にガウンを羽織っているだけなので、布一枚隔てているとはいえ、手のひらで全体を回すように撫でられて胸の突起が疼いた。

そこが気持ち良いのだとアンブロシウスに教えられてからは、彼に触られると素直に反応してしまう。

首筋を舐められながら胸を掬い上げるようにして揉まれると、自然と吐息が熱くなった。

「……っぁあ……ん、はぁ……」

胸の突起を指先で掠るように撫でられ、リューディアは腰を震わせた。

体を背後のアンブロシウスに押し付けるかたちになり、腰にアンブロシウスの欲望の証が当たる。

硬くなっている熱を感じ、リューディアは嬉しい気分になった。それは、アンブロシウスがリューディアを求めてくれている証拠だからだ。

リューディアの口から零れる声が高くなるにつれ、アンブロシウスの愛撫が直接的なものになっていった。

夜着を捲り上げ、直接突起を指の腹で押し潰し、首筋にきつく吸いつく。

「……あ、ぁん……」

「可愛いよ、リューディア」

アンブロシウスの愛撫に体を震わせるリューディアに、彼は甘い声で囁いた。その声にすら、体はびくっと小さく跳ねる。

彼のすべてにリューディアの体は反応していた。

「脚、開いて」

胸の愛撫をしていないほうの手でリューディアの脚を開かせたアンブロシウスは、その手でするりと太ももを撫でてから秘部に触れた。

くちゅ……と僅かな水音を立てたそこに、リューディアの顔が朱に染まる。

「すごく濡れているね」

準備万端だ、と囁きながら、アンブロシウスは愛液を指に絡ませて上部にある花芯を優しく撫でた。

「……んっ……」

滑りが良い指が小刻みに振動する度に、くちゅくちゅと水音も大きくなる。

じわじわと全身を侵食する痺れるような快感に体が仰け反り、後頭部がアンブロシウスの肩にのった。

するとアンブロシウスは耳に舌を這わせながら、胸の突起を押し潰していた手を膣口に移動させた。

「リューディアは、こっちのほうが好きだよね」

意地悪く言って、膣内に指を差し込んでくる。愛液が溢れ出しているせいで、抵抗なく侵入してきた。

アンブロシウスはリューディアの良いところをすでに把握済みなので、そこを集中的に攻めてくる。

花芯を刺激されながら中を擦るように出し入れされると、声が抑えられなくなった。ひっきりなしに漏れる嬌声をなんとか止めようと、リューディアは自分の手の甲で口を覆う。

「駄目だよ。可愛い声を聞かせて」

耳に息を吹きかけながら、アンブロシウスは低く囁いた。リューディアがその声に弱いことを知っていてわざと使う彼は意地悪だと思う。

膣内を擦るアンブロシウスの動きが速くなると自然と腰が揺れた。足ががくがくと痙攣して、何も考えられなくなるほどの快感が全身を駆け巡る。

「イっていいよ、リューディア」

「ああ、ぅん……ん、あぁ……！」

昇り詰める時、いつもアンブロシウスが名前を呼んでくれる。何度も繰り返されると、それが引き金になって絶頂を迎える体になってしまう気がした。

リューディアはぶるぶると身震いしながら達した余韻に浸る。すると、ぐったりとしたその体がふっと持ち上げられた。

頭がぼんやりしているうえ力が入らないので身を任せていると、次の瞬間、太くて熱い剛直がリューディアの体を貫いた。

「……っっ……!!」

自分の体重のせいで奥まで入り込んだ猛りに、声にならない悲鳴を上げる。

「待って、リューディア。あまり締めないで……」

アンブロシウスの掠れた声が聞こえたが、呼吸を整えるのがやっとのリューディアにはその意味を理解することができなかった。

ふうっとアンブロシウスの吐き出した熱い息が頬に触れる。ちらりと彼の顔を見ると、上気した顔でにっこりと微笑んで口づけをされた。

後ろから抱きしめられたままの挿入は、どこを摑んでいいのか分からず不安定だった。アンブロシウスの腕だけが頼りだ。

リューディアは下から突き上げられる動きで振り落とされないように、腹部に回されているアンブロシウスの腕を摑む。

「あ、あぁ……ふぅ、んぁ……」

体内に入っているのがアンブロシウスの一部だと思うだけで、満たされて、幸せで、リューディアはそれをぎゅっと締め上げてしまう。そうすると小さな呻き声が聞こえてくるので、彼も感じてくれているのだと嬉しくなった。

アンブロシウスは胸と花芯を同時に愛撫しながら、力強く突き上げてくる。

すべて強烈な甘い刺激を得る場所なので、リューディアは頭がおかしくなるような快感に侵されていた。

部屋に響くのは、リューディアの嬌声と、アンブロシウスの荒い呼吸、そしてぐちょぐちょといういやらしい水音とお互いの肌がぶつかる音だけだ。

先程別れたばかりのイグナートのことや、いつ戻って来るのか分からないラウラのことが一瞬頭を過ったが、アンブロシウスに与えられる快感が強過ぎてそれらがどこかに押しやられてしまう。

「中が蠢《うごめ》き始めたよ、リューディア。……は、すごい、ね。一緒にイこう」

吐息交じりの余裕のないアンブロシウスの言葉に、リューディアはうんうんと頷く。

アンブロシウスは両手でリューディアの腰を摑むと、容赦なくがんがんと腰を打ち付けてきた。

気持ち良いところを目掛けて何度も何度も突かれ、リューディアはひと際高い嬌声を上げてびくびくっと大きく痙攣する。

「や、あああぁ……っっ!!」

「出すよ、リューディア……!」

言い終わらないうちに、熱い奔流を叩きつけられた。最奥に注ぎ込まれる熱を感じながら、リューディアはアンブロシウスにぐったりと身を預ける。

呼吸が整うまで、アンブロシウスは頰から首筋にかけて優しく口づけてくれた。そしてリューディアが頭を自力で持ち上げられるようになると、彼はゆっくりと自身のものを膣内から抜き取る。

「ああ、僕のが出てきたよ。掻き出しておこうか?」

中からとろりと流れ出た白濁を指で掬い取り、アンブロシウスはそれをリューディアに見せた。

思っていたよりも粘り気のありそうなそれをまじまじと見つめていると、アンブロシウスが苦笑した。

「ちゃんと君の中に戻しておくね」

精液で濡れた指が膣内に押し込まれる。それが意図を持って膣内をぐりぐりと動き回り始め、リューディアの体に再び火がついた。

「アンブロシウス様……」

彼の意地悪を非難するように名前を呼ぶと、アンブロシウスは素早く夜着を脱ぎ捨てて体勢を変えた。自身がソファーに横になり、その上にリューディアの体をのせる。

そしてリューディアの夜着とガウンを肩からするりと落としてしまう。

「え……？」

アンブロシウスを見下ろす体勢に戸惑うリューディアに、彼は悪戯っぽい笑みを浮かべた。

「リューディア、自分で挿れて」

「え？」

何を言われているのか一瞬分からなかったが、それを理解すると同時に無理だと叫びたくなった。

「早く」

ねだるように囁きながら、アンブロシウスはすでに準備万端になっている猛りをぐりぐりとリューディアの秘部に撫でつけた。わざと花芯を掠るその欲望に、リューディアは眉を寄せてしまう。

「ね、早く挿れて。リューディア」

末っ子が甘え上手なのは、どこの国も一緒なのだろうか。

アンブロシウスにお願いをされて、リューディアはおずおずと腰を浮かせた。そして熱い猛りに手を添えて膣口に当てる。

「んん……」

ゆっくりと腰を下ろすと、太いそれが膣壁を押し拡げて入り込んできた。

アンブロシウスのものが大きいせいで、自分で挿れるのは少し苦しい。それなのに大きな手で腰を引き落とされて、無情にも剛直が奥深く突き刺さった。

「いっ……あぁ……！」

今までで一番深くまで届いたそれに、リューディアは怖くなって動きを止めた。

「全部入ったね。ん……すごくいいよ」

涙目で硬直しているリューディアをじっくりと眺めながら、アンブロシウスはぺろりと自分の唇を舐めた。

色っぽいその仕草にどきりとする。

「これ、リューディアの全部が見えるからいいね」

満足そうに微笑み、アンブロシウスはリューディアの腰を摑んだ。その直後、揺さぶるように体を動かす。

「あ、あ、んぁ……」

下からまっすぐに突き上げられて、これまで感じたことのない鋭い快感が背筋を駆け抜けた。突き上げられる度に途切れ途切れの喘ぎ声が漏れ、呼吸が浅くなる。

まだまだ初心者のリューディアには受け止めきれないほどの快感の波が何度も襲ってきて、意識を保っているだけで精一杯だった。

「締め付けがすごいけど、リューディア、もしかしてイってる？」

苦しげにアンブロシウスが問いかけてくるが、強烈な快感に翻弄されて返事ができなかった。

次第に背筋を伸ばしていることもできなくなり、アンブロシウスの胸にがくりと倒れ込む。すると、我慢の限界だとばかりに少し乱暴にソファーに押し倒された。

「乱暴にしちゃうけど……ごめん！」

謝罪の直後、アンブロシウスの腰の動きが激しくなった。

打ち付けるようにがんがんと腰を振られて、リューディアは眉間にしわを寄せているアンブロシウスを虚ろな目で見つめる。

こんなにも余裕のない彼はめずらしいと、朦朧とする意識の中で思った。

「アンブロ、シウス様……」

荒い呼吸の中、彼の名前を呼ぶ。

「リュー、ディア……愛しているよ、心から……！」

アンブロシウスは叫ぶように言って、リューディアの唇に噛みついた。

口を大きく開けて舌を絡め合うと、何度目か分からない絶頂が急激に押し迫ってきた。

「……あっ……アンブロシウス様っ……！」

「……くっ……リューディア……！」

名前を呼び合い、がくがくと跳ねる体をきつく抱きしめる。

汗で濡れた肌がぴたりと重なり、心地良い幸福感と絶頂感で頭が真っ白になった。

このまま溶け合えたらいいのに。

そんなふうに思うけれど、お互いが違う個体だからこそ抱き合えるのだと、だから幸せなのだと、アンブロシウスの体温を感じながら思い直す。

アンブロシウスがアンブロシウスで良かった。

リューディアは大切な存在をその腕にしっかりと抱きしめた。

エピローグ

「この果物なら食べられると聞いたから持ってきた」

グレンベリア国王が差し出した赤い果実をリューディアは喜んで受け取る。

少し前に風邪をひいてしまったリューディアを気遣ってくれた国王が、直接部屋まで果物を届けてくれたのだ。その流れで、アンブロシウスと三人でお茶の時間となった。

もうベッドから起き上がれるようになったので、ラウラが人数分の紅茶を淹れてくれる間に、リューディアとアンブロシウスは国王と向かい合うようにソファーに腰を下ろす。

イグナートはまだ戻って来ないが、ラウラの婚約者をこの国に呼び寄せて仕事を与えてくれたアンブロシウスのおかげで、彼女はまだリューディアの傍にいてくれる。

ラウラがいるだけでとても心強かった。

おしゃべりな女性陣がいないせいか、お茶会は近況報告や雑談でのんびりとした空気のまま進む。

「そういえば、ずっと気になっていたんだけど」

リューディアの体調の話をした後、アンブロシウスがお茶を飲みながら切り出した。

「なんだ？」

国王もまったく同じようにお茶を飲んでいて、さすが親子だと感心する。

アンブロシウスはカップをテーブルに置くと、リューディアの肩を抱き寄せてにっこりと微笑んでから国王を見た。

「父上はどうして僕とリューディアを結婚させたの？　本当の理由を教えてよ」

それはリューディアも気になっていた。

グレンベリア国王がルーヴァル国の申し出を受けたのは、質の良い大理石が大量に必要になったからだと聞いていたが、リューディアの国以外にも大理石はあったはずだ。それなのに、自分の息子を呪いの王女と結婚させようなんて普通は思わないだろう。

リューディアも国王をじっと見つめると、彼はふっと不敵に笑った。

「思い出さないか？」

その言葉は、アンブロシウスだけでなくリューディアにも向けられているように感じた。

リューディアはアンブロシウスと顔を見合わせ、お互いに首を傾げて思い当たることはないと確認する。

その様子をにやにやと眺めていた国王は、「では教えてやろう」ともったいぶったように言った。

「アンブロシウス、昔、私が一度だけお前を他国のパーティーに連れて行ったことを覚えているか？」

訊かれて、アンブロシウスは思い出そうとするかのように眉を寄せた。

「……ああ、あれか。間違って初めて酒を飲んでフラフラして足を滑らせたらしいけど、どうにも記憶が曖昧で……。どこの国のどんなパーティーだったのかは……。あ、でも、自分の理想の女性がはっきりと分かったことだけは覚えているよ」

うんうん唸《うな》っても結局それしか思い出せなかったらしいアンブロシウスだが、なぜか自慢げに胸を張った。

その話はラウラから聞いたのと同じ内容だろうか。彼が奥ゆかしい女性が好きだと自覚したのは他国のパーティーに出席した時だと言っていた気がする。

「それが答えだよ」

あっさりと言われても、答えがまったく見えない。

「え？　意味が分からないんだけど」

気が抜けた声を出すアンブロシウスに同調し、リューディアも大きく頷く。

パーティーに出席したから何なのだろう。さっぱり分からない。

説明を求めると、国王はリューディアに視線を移した。

「アンブロシウスの好みが〝奥ゆかしい女性〟になった原因に責任をとってもらったのさ」

ふっと微笑んだ国王に、アンブロシウスは「ええ！」と驚きの声を上げた。

「昔、君はアンブロシウスを助けてくれたね。それに君のおかげで、子どもだったアンブロシウスが率先して仕事をこなすようになって、精神的に成長したんだよ」

リューディアは国王の言葉の意味が分からずに首を傾げたが、アンブロシウスがこれ以上ないほどに瞳を輝かせてこちらを見たことで、なんとなく見当がついた。

「君だ！」

言われて、リューディアも記憶を探ってみる。

ルーヴァル国ではなるべく人と目を合わせないようにしていたので、顔もまともに見ていなかった。

だからアンブロシウスと会った記憶もない。

けれど、目の前で足を滑らせた人がいたのは覚えている。子どもの時の記憶だからあやふやだが、テーブルに突っ込んでいったあの人物が彼だったのかもしれないと思い当たる。

リューディアより背が高いというだけで大人の男性だと勘違いしていたが、あれは子どもの時のアンブロシウスだったのか。

あの時、確かにその男性に声をかけられたが、自分がどんなふうに返したのか覚えていなかった。きっとろくに会話なんてしていないはずである。

それに助けたと言っても、息苦しそうにしていたので、きっと驚いて呼吸が浅くなってしまっているのだと思い、ハンカチを口に押し当ててゆっくり呼吸をするように言っただけだ。

最初はお酒のせいで吐きそうになっているのかと思ったが、当時のリューディアも、驚いたり不安に思ったりした時に同じように呼吸が浅くなることがよくあったため、自分と同じ症状だと判断したのだ。

「話しかけたら頬を赤くして顔を伏せた、あの恥ずかしがり屋の女の子は君だったんだ！」

感激したようにアンブロシウスはリューディアを抱きしめた。

あの頃の自分はただおどおどしていただけだったので、リューディアは首を傾げるばかりだ。

二人に接点があったと言っても、会話すら成立していなかった可能性のほうが高い。目を合わせるのが怖くて顔を伏せただけだったのだが、アンブロシウスはたったそれだけで気に入ってくれたのだろうか。

もしそれでアンブロシウスの価値観を変えてしまったというなら、責任は想像以上に重い気がする。

けれど、そんな昔から彼はリューディアを選んでくれていたのだと思ったら、驚きと同じくらいに嬉しさを感じた。

国王は最初からすべて知っていて、リューディアの両親からの申し出を受けたのだろう。だが、すべてを知っているからといって、『呪いの王女』を受け入れてくれた国王は寛大過ぎる。やはり最初の印象通りの立派な人物だった。

国王がパーティーにアンブロシウスを連れてきてくれたから、彼と出逢うことができた。そのことにも心から感謝したい。

「あ、リューディア、雨が降ってきたよ」

国王の面白がるような視線など無視して、リューディアを抱きしめたままアンブロシウスが言った。

窓は背後にあるので首を巡らせて外を見ると、ぽつぽつと静かに雫が空から落ちてくる。久しぶりの雨だ。

この国へ来る途中でも雨が降ってきたっけ……とリューディアはぼんやりと思い出していた。あの時は憂鬱な気分だったが、今は満たされた気持ちで雨を見つめることができている。

「そういえば、あのパーティーの日も雨が降っていたような気がする」

アンブロシウスの言葉を聞いて、突然湧き上がるように記憶が蘇った。

そうだ。あの日も雨だった。だから余計にリューディアは気が滅入っていたのだ。

パーティーのために着飾っている時に雨なのは最悪だ。これも全部『呪いの王女』のせいだと言われたから、いつにも増して顔を上げることができなくなっていた。

雨で床が滑りやすかったのも、アンブロシウスが転んだ原因のひとつだったのだろう。

「僕は雨が好きなんだ。雨音を聞いているのも心が休まって好きなんだけど、雨が降った後は空気が綺麗になる気がしないかい？　そのうえ虹まで出るからね。僕が生まれた日にも虹が出たらしいよ。なにせ僕は幸運の王子だからね」

得意顔で笑うアンブロシウスに、リューディアは満面の笑みを見せる。

アンブロシウスはいつも悪いことを良いことに変えてしまう。

「幸運の王子のおかげで、私も雨を好きになれそうです」

彼と一緒にいれば、嫌いなものも苦手なものも好きに転じてしまう。不思議だが、そういうのも悪くはなかった。

「リューディア、僕がいる限り君は幸運だよ。君の不幸は僕がすべて吹き飛ばしてあげるから」

アンブロシウスはリューディアの額にキスを落とすと、自信満々に言い切った。

現に彼は『呪いの王女』の呪いを吹き飛ばしてくれている。今穏やかに暮らせているのは幸運の王子の力なのだと思う。

「ありがとうございます、アンブロシウス様。私、ずっと自分のことを忌《い》み嫌って生きて行くのだと思っていました。それなのに、こんなふうに幸せになれるなんて夢のようです」

リューディアは、まっすぐにアンブロシウスを見つめる。もう目を逸らしたりしない。逸らさなくても大丈夫なのだと、彼が教えてくれたから。

「あなたに会えて本当に良かったです」

会えていなかったら、今頃リューディアはどうなっていたのか分からない。少なくとも、幸せな未来は描けていなかっただろう。

「うん。僕が幸運なのは君のためだったんだと君と会って知った。僕は君のために生まれてきたと思っているんだ。幸運の王子は呪いの王女のためにここにいるんだよ」

アンブロシウスは真剣な表情で言った。

それは言い過ぎだと思ったが、感動する言葉でもあった。

呪いの王女は、呪いを背負ったままでも幸運の王子によって幸せになれた。

リューディアの人生の最後は、そんな言葉で終われるだろうか。

いや、もしアンブロシウスが幸運の王子でなかったとしても、前向きで強くて優しい彼にどうしようもなく惹かれてしまっただろう。

幸運の王子は、運の力ではなくその人間性で周りに幸せを与えているのだ。彼の存在そのものがみんなの幸せになる。そして、リューディアの幸せにもなる。

「アンブロシウス様がいないと、私は生きていけないのかもしれません」

思わず出た本音だった。

アンブロシウスの負担になるかもしれないと思ったが、彼は顔をくしゃりと歪めて子どものように喜びを表現した。

「本当かい？　嬉しいよ！」

無邪気に笑うアンブロシウスにほっと息を吐き出すと、視界の端に呆れ顔の国王が映った。

慌てて彼の腕の中から抜け出そうとしたが、痛いくらいの力で抱きしめられて逆に身動きが取れなくなった。

「離さないよ」

聞き取れないほど小さな呟きに、リューディアはぱっとアンブロシウスの顔を覗き込む。

そこには、子どものように無邪気な、けれど力強い眼差しがあった。目が合うとすぐに愛しげに細められたため、リューディアはつられて微笑んでしまう。

リューディアはアンブロシウスと一緒にいるだけで幸せだと思っているが、この先ずっと語り継がれるのは、きっとこんな言葉なのだろう。

呪いの王女は、幸運の王子と幸せに過ごしました。

ハッピーエンドの物語が紡がれることを願い、リューディアは目の前の愛しい人の胸に顔を埋めた。

あとがき

私には、ポジティブな友人と、ネガティブな友人がいます。

ポジティブな友人は、災難に見舞われることが多く、波乱万丈な人生を歩んでいます。それでも本人はいつも「生きているから大丈夫」とけろりとしているのがすごいです。

そしてネガティブな友人は、そのネガティブ思考ゆえに石橋を慎重に叩いて進んでいるので、私たちの中では一番平穏な生活を送っております。それなのに、悪いことは何でも自分のせいにして落ち込みます。きっと、優し過ぎて人のせいにできないのだと思います。

そんな友人たちの特徴的な部分を参考にして、ヒロインが出来上がりました。

うじうじヒロインが、ポジティブヒーローの考え方に感化されて前向きになるというお話です。

本文内で、ヒーローのアンブロシウスの特徴として側近のバートが言っている言葉は、私がある方から教えてもらったことです。「思い込みって大事ですよ。思い込んでいると実際にそうなるらしいです」と。常に高い目標を掲げるのがいいそうです。

というわけで、今年は『色気のある文章を書く！』という目標を掲げてみました。

毎回、「エロくしようとしているのにエロくならない」とタイトルやキャッチを考えてくださる担当様を困らせているので……。

色気とは何か。

そこから学ばなくてはならないのですが。

それで、色気を学ぼうと調べたんですよ。そうしたら、『文章は作家の人間性が出る』と書いてありました。

作家自身が色気を持て、ということだそうです。

……目標を達成するのは当分無理だな、と思いました。

アオイ冬子《ふゆこ》様、素敵なイラストを描いてくださってありがとうございます。

最初に表紙を拝見したのですが、アンブロシウスの自信満々な感じとリューディアの自信のなさが一目で分かって、『素晴らしい』という言葉しか出ませんでした。

挿絵も、リューディアは本人が思っている以上に表情の変化が乏しいのですが、徐々に表情豊かになっていくという過程がすごくよく分かるように描いてくださって感激いたしました。私のへたくそな説明でも完璧に仕上げてくださり、本当にありがとうございます。私のお気に入りは最後のリューディアの幸せそうな表情です。リューディアとアンブロシウスが二人でいるシーンもどれもとても可愛いんですよ。特にエッチシーンの二人が可愛くて可愛くて……。ずっとくっついていればいいのにと思いました。

最後になりましたが、アオイ冬子様、担当様、デザイナー様、校正者様、営業の皆様、印刷所の皆様、書店の皆様、その他にもこの本に関わってくださったすべての皆様、よりよいものにするためにたくさん支えてくださる皆様のおかげで今があると日々感謝しております。皆様に厚く御礼申し上げます。

そして、この本を手に取ってくださったあなた様に深く感謝申し上げます。ありがとうございます!

水月青《みづきあお》

Sonya
ソーニャ文庫

この本を読んでのご意見・ご感想をお待ちしております。

◆ あて先 ◆

〒101-0051
東京都千代田区神田神保町2-4-7 久月神田ビル
㈱イースト・プレス　ソーニャ文庫編集部
水月青先生／アオイ冬子先生

呪《のろ》いの王女《おうじょ》の幸《しあわ》せな結婚《けっこん》

2018年7月8日　第1刷発行

著　　者　水月青《みづきあお》
イラスト　アオイ冬子《ふゆこ》
装　　丁　imagejack.inc
D T P　松井和彌
編集・発行人　安本千恵子
発 行 所　株式会社イースト・プレス
〒101-0051
東京都千代田区神田神保町2-4-7 久月神田ビル
TEL 03-5213-4700　FAX 03-5213-4701
印 刷 所　中央精版印刷株式会社

ISBN 978-4-7816-9628-7
定価はカバーに表示してあります。

Sonya ソーニャ文庫の本

『薔薇色の駆け落ち』　水月青

イラスト　みずきたつ

Sonya ソーニャ文庫の本

『君と初めて恋をする』 水月青

イラスト 芒其之一